REFI EL DESIERTO

RAMY JHASSER

Reflejos en el desierto

Ramy Jhasser

¿Es posible amar por toda una vida? Juro que seré tuyo para siempre, hasta que el siempre se desmorone en lágrimas de eterna agonía.

DEDICATORIA

A mi querida madre,
Dora Isabel Quirós.

CONTENIDO

1

ABISMO

—Violeta, estoy cansado de Alex, ya no puedo soportar otro engaño, otra mentira. Esto es demasiado, es todo el amor que tengo.

—Evan, ¿qué te gustaría hacer?

—Desearía poder dejar de sentir algo por él, desvincularme de estos sentimientos.

—La vida no funciona de esa manera. Las emociones no se pueden apagar como un interruptor. Tienes que lidiar con lo que sientes y aprender a gestionarlo, en lugar de esperar que desaparezca mágicamente.

—Cada vez que intento dejar todo esto atrás y seguir adelante con mi vida, termino volviendo, como si estuviera atrapado en un ciclo interminable.

—Puedo entender tu deseo de poner fin a esto, pero ¿qué es lo que realmente quieres? En última instancia, lo más importante es descubrir lo que te hará sentir feliz y en paz contigo mismo.

—Lo que realmente me haría feliz es estar con él.

—No te entiendo, Evan. ¿Quieres dejarlo o no? —me mira Violeta con una expresión de intriga.

—¿Y si intento arreglarlo? Te juro que no he sentido una conexión tan profunda como en estos cinco años con Alex. ¿Y si él va a terapia? ¿Y si vamos juntos? ¿Y si esta vez le digo que cambie y realmente lo hace?

—Si no ha cambiado en años, ¿realmente crees que va a cambiar ahora, sabiendo que puede hacer lo que quiera contigo y que simplemente vendrás a consulta a llorar? La gente no cambia por los demás, cambia cuando no tienen otra opción. El cambio debe venir de dentro de él, no de tus súplicas o demandas.

—No, Violeta, no lo entiendes. Siento que debo intentarlo una vez más. Tal vez esta vez sea diferente. No quiero perder mi relación. Estoy dispuesto a darle una oportunidad más. —parezco imbécil atrapado entre mi deseo de cambiar las cosas y mi temor a dejar ir lo que he conocido durante años.

—Entiendo, Evan. Estoy aquí para apoyarte en el camino que elijas. No importa la decisión que tomes, lo importante es que te sientas cómodo con ella. Estoy disponible para ti cuando necesites ayuda o consejo. —Su mirada refleja su preocupación.

Al regresar a casa, me envían un video de Alex con otro tipo. Los gemidos, las palabras y la evidente falta de cuidado en su acto de infidelidad me golpean como un mazo.

Una furia incontrolable se apodera de mí, mi corazón late desbocado y mis manos tiemblan. Siento una mezcla abrumadora de ira y dolor, como si mi mundo se estuviera desmoronando. La traición se manifiesta de la manera más cruda y dolorosa, dejándome en un estado de shock. Mi mente da vueltas mientras intento procesar la impactante traición de Alex.

—¡Solo no quiero que te me acerques, solo aléjate! —le grito, mis palabras rasgan el aire, cargadas de frustración y desesperación—. ¡No me toques, te estoy diciendo! No puedo creer que siga perdonando el daño que me haces.

El cínico rostro de Alex refleja la imperturbabilidad, su mirada sin pudor como un desafío directo a mi corazón.

—¿Qué daño? —dice con una voz que raya en la burla, como si no entendiera la gravedad de la situación.

Cierro los puños, sintiendo cómo mis uñas se clavan en mis palmas. La rabia me consume, y mi respiración se acelera.

—¿Para dónde vas? —mi voz resuena con un tono de urgencia, pero él sigue adelante, tan seguro de sí mismo como siempre.

—No es tu problema —responde con frialdad, su tono lleno de indiferencia—. Tienes serios problemas de confianza, y eso no es mi culpa.

Las palabras cortan como cuchillos afilados, y mi mente se llena de recuerdos de promesas rotas y engaños descubiertos. La habitación parece un horno, y la tensión es casi insoportable. Por fin, exploto.

—¡No es mi culpa! —grito con todas las fuerzas que me quedan, liberando toda la furia y el dolor acumulados durante tanto tiempo—. ¿Qué es esto? —le muestro unas fotos y videos con alguien—. Dime, ¿qué es? O me vas a decir en mi cara que no es nada, que es mentira, que no eres tú.

Mi voz resuena con un tono de desafío, y me arrebata el teléfono de las manos, arrojándolo al suelo. Mis ojos se encuentran con los suyos, llenos de rabia, mientras su mano trata de avanzar hacia mí. Su mirada me atraviesa como una hoja afilada. La tensión entre nosotros es palpable, como una tormenta eléctrica que amenaza con desatarse en cualquier momento. No retrocedo, ni doblo la rodilla ante su desafío.

—No eres nada. Eres como un virus en mi vida —mis palabras, cargadas de veneno, cortan el aire caliente de la habitación. Las imágenes y los recuerdos se estancan en mi mente, y mi voz tiembla—. ¿Crees que no sé lo que haces? ¿Crees que soy ciego? Te he perdonado todo, maldito idiota.

¡Qué estúpido fui el día en que te conocí, y decidí quedarme!

Él se acerca, su rostro está a escasos centímetros del mío. Puedo sentir su aliento caliente. Las emociones están al límite, y la violencia acecha en el aire viciado.

—Evan, tienes que calmarte —su voz es un susurro, pero

su tono es inquietante, lleno de astucia y engaño.

—Estoy exhausto de tu presencia, harto de esta miseria que llamamos amor. Quiero que acabe —caigo al suelo frustrado, prácticamente acabado.

Alex mira hacia el suelo, sus ojos evitando encontrarse con los míos. El peso se siente en cada rincón de la habitación, inmovilizando cualquier intento de reconciliación.

—¿Otra vez, Evan? —susurra finalmente—. Ya estoy aburrido de tu inestabilidad me voy —camina hacia la puerta—. Esto ya no tiene sentido. Ya no es una relación, ya no soy feliz.

Mi corazón late con fuerza, quedo helado frente a él y le digo —Entonces se terminó. —Él asiente lentamente, reconociendo la verdad en mis palabras. Ambos sabemos que nuestro amor se ha vuelto tóxico, una carga que ninguno de nosotros puede soportar más. La pasión que alguna vez compartimos parece haberse desvanecido, y en su lugar, solo queda resentimiento y desconfianza.

Al salir por la puerta, me quedo solo, mis gritos se desvanecen en las sombras de la habitación. Las lágrimas brotan como un diluvio de rabia y desesperación. Mi pecho se contrae con cada sollozo, y el dolor me envuelve como una manta de espinas, apretándose con fuerza, impidiendo que el aire llegue a mis pulmones. Los recuerdos de lo que solíamos ser, de los momentos felices que compartimos, ahora son solo espinas afiladas que rasgan mi alma. La promesa rota de un amor que parecía eterno se desmorona en pedazos, y la devastación de nuestra relación se extiende como una sombra interminable sobre mi ser.

Después de la partida de Alex, la habitación queda sumida en un silencio opresivo. Me siento como si estuviera atrapado en un remolino. Aún no puedo creer cómo terminó nuestra relación, en medio de gritos y lágrimas. Pero, al mismo tiempo, siento un atisbo de alivio, como si una pesada carga hubiera sido levantada de mis hombros.

Mientras me siento en el suelo, con la espalda apoyada contra la pared, reflexiono sobre todo lo que compartimos y todo lo que perdimos. Nuestra relación estaba marcada por altibajos constantes, pasión y conflicto, amor y odio. Ahora, solo queda el eco de lo que solíamos ser.

Me pregunto si alguna vez seremos capaces de sanar por separado. La herida que dejó Alex en mi corazón parece insuperable, y la soledad se cierne sobre mí como una sombra eterna.

¿Puede el alma desaprender a extrañar a quien amó con cada aliento de vida, con cada latido en el tiempo? ¿Puede la oscuridad apagar el recuerdo de quien iluminó tus días y calentó tus noches más frías, y a quien, incluso a costa de tu propia alma, seguirías amando en silencio?

Me levanto del suelo con esfuerzo, sintiéndome adolorido y agotado. La mañana se cierne afuera, y la vida sigue su curso. Aunque mi mundo se ha desmoronado, debo enfrentar la realidad y continuar con mi vida.

Me dirijo al baño y me miro en el espejo. Mi rostro refleja el agotamiento de una larga noche de discusiones y lágrimas. Intento recomponerme, ducharme y vestirme para enfrentar el día que se avecina.

Con la mente llena de pensamientos confusos, recojo mis pertenencias y salgo de la habitación. Aunque mi corazón sigue herido y la tristeza me acompaña, debo ir al trabajo y cumplir con mis responsabilidades. La vida no se detiene, y de alguna manera, debo encontrar la fuerza para seguir adelante.

El tiempo se desliza sin piedad mientras permanezco sentado en mi escritorio. Los minutos y las horas pasan, y sigo sin saber si debería tomar mi teléfono y marcar el número de Alex. La pelea de anoche sigue fresca en mi mente, y me encuentro atrapado en miles de pensamientos y emociones. La confusión me embarga, y no puedo evitar sentirme inmovilizado por la incertidumbre. No sé si debería dar el primer paso para intentar arreglar las cosas o si es mejor dejar todo atrás y seguir adelante. La relación con Alex se ha vuelto un terreno incierto y volátil, y no sé si tenemos lo necesario para superar una vez más nuestros problemas.

Mi mente da vueltas, y la indecisión me consume. Las palabras no dichas y los sentimientos encontrados pesan sobre mis hombros, siento que estoy en un callejón sin salida. ¿Debería hacer la llamada? ¿O debería tomar un respiro y dar tiempo al tiempo? La confusión me atrapa, y no sé cuál es la decisión correcta en este momento.

Bajo la lluvia, mis zapatillas golpean el pavimento mojado con un ritmo constante y acelerado. Cada paso es una liberación, una forma de canalizar la ansiedad y la confusión que me atormentan. La lluvia empapa mi ropa, y el viento frío corta mi piel, pero no me importa. Correr se ha convertido en mi refugio, mi escape de la vorágine de emociones que me consume. Las gotas de lluvia se mezclan con las lágrimas que corren por mi rostro, y en medio de la tormenta, encuentro un atisbo de claridad.

Mientras mis pies avanzan, las dudas y las preguntas parecen desvanecerse, al menos por un momento. La sensación de libertad que experimento al correr me recuerda que soy dueño de mi propio destino, que tengo el poder de tomar decisiones, incluso en medio de la incertidumbre.

Cierro los ojos y dejo que la lluvia lave mis preocupaciones, al menos temporalmente. El sonido de mis propios latidos se mezcla con el ritmo de la lluvia, y en ese instante, encuentro un respiro, un espacio de calma en medio de mi propia tormenta interna.

Mientras corro bajo la lluvia, sé que eventualmente tendré que enfrentar la difícil decisión de llamar a Alex o seguir adelante por mi cuenta, pero por ahora, solo necesito un pequeño momento de libertad, solo un poco de paz.

Amar puede ser dulce, pero cuando llega a su fin, puede ser mortal

Me dirijo a casa de mi madre, buscando consuelo en sus abrazos. Al verla, la abrazó con fuerza, y sus brazos cálidos rodean mi cuerpo, ofreciéndome el consuelo que tanto necesito. Ella nota mi angustia y pregunta con preocupación:

—¿Qué pasa? —susurra, su voz llena de cariño y cuidado.

Con los ojos llenos de lágrimas, respondí:

—Nada, mamá. Solo necesitaba un abrazo. ¿No puede una madre dar cariño a su hijo?

Ella apreta su abrazo con más fuerza, como si quisiera transmitirme todo el amor y la calma del mundo en ese gesto. En ese momento, noto que, aunque las tormentas me sacudan, siempre puedo encontrar refugio y apoyo en el abrazo de mi madre.

Mi madre me mira con una sonrisa y pregunta con cariño:

—¿Te quedarás a cenar?

Agradecido por su invitación, asiento y respondo:

—Sí, mamá, me quedaré a cenar. Gracias.

Luego, cambia de tema y pregunta acerca de mis estudiantes:

—¿Cómo están tus estudiantes?

Le respondo, dejando escapar un poco de frustración:

—No quieren nada de la vida. La virtualidad está afectando a nuestras generaciones.

Mi madre, como siempre, me da un consejo sabio:

—Tú eres de esta generación, eres el profesor más joven de la universidad. Deberías buscar la manera de conectar con ellos en lugar de tratarlos mal.

Continuamos conversando mientras disfrutamos de la cena. Sin embargo, noto que mi madre no está del todo bien, y finalmente le pregunto:

—¿Qué sientes?

Ella suspira y responde:

—Me duele un poco el estómago, pero no es nada grave.

Aunque intento no preocuparme demasiado, no puedo evitar sentir una punzada de preocupación por su salud.

—Ve al médico.

Mi madre se muestra terca y reacia a la idea de ir al

médico y me responde:

—Los médicos solo quieren dinero.

Me sentí frustrado y preocupado por su actitud, y le dije en un tono más serio:

—No, madre, ve al médico. Tú, como científica, debes saber que la medicina está ahí para mantener nuestra salud, especialmente a tu edad. No deberías tomar tu salud a la ligera.

Ella me miró como si la estuviera regañando como a una niña, y puso una expresión decidida.

—¿Acaso los hijos regañan a sus madres ahora? —respondió ella con determinación, su mirada reflejaba una mezcla de terquedad y cariño materno. Su independencia era innegable, pero mi preocupación por su bienestar pesaba sobre mí. Como científica, mi madre entendía perfectamente la importancia de cuidar su salud, pero en ese momento, parecía decidida a ignorarla. Aunque sabía que no podría convencerla de inmediato, opté por dejar el tema de lado temporalmente, sin embargo, no podía evitar que la preocupación continuara acechándome en cada instante. Mientras compartimos la cena, hice un esfuerzo por cambiar el tema y disfrutar del tiempo juntos, aunque la inquietud seguía agitándose en mi mente.

—¿Ya te vas? —me mira con un brillo en sus ojos—. —Sí, madre, tengo terapia. Espero que hoy, mi visita con Violeta, me ayude a entrar en razón y tomar una decisión sobre si regresar con Alex o dejarlo para siempre.

Me despido de mi madre con la frase de siempre: «I love u too, motha», y su respuesta, un cálido «I love u too», porque la peculiaridad de la frase siempre nos hacía sonreír. Mi madre, aunque parca y poco expresiva emocionalmente, poseía un gran corazón. El hecho de que soy adoptado decía mucho de su amor y disposición para cuidar de mí.

Un día, impulsado por un deseo de expresar nuestros sentimientos de una manera más directa, le propuse cambiar nuestra despedida a un sencillo «Te quiero». Sin embargo, consciente de que el inglés no era su lengua materna, sugerí que podríamos usarlo para que le resultara más fácil. Aceptó mi sugerencia y, desde ese día, nuestra despedida cambió a «I love u too, motha». El uso de «motha» en lugar de «mother» añadía un toque de humor a nuestras despedidas. Mi madre, habiendo estudiado en Norteamérica un Doctorado en Química, encontraba divertida la pronunciación británica de algunas palabras, y desde joven, he adoptado la costumbre de decir «motha» en lugar de «mother,» solo porque le da risa cada vez que lo digo, es mi apodo especial para ella.

Estas conversaciones, desde entonces, se convirtieron en un preciado tesoro en mi memoria, y nuestra conexión especial se manifestaba en cada «I love u too». Creo que siempre quedarán grabadas en mi mente las conversaciones antes del «I love u too» y las que vinieron después del «I love u too», más íntimas, más cercanas y más únicas.

Cada una de estas palabras, expresadas en el lenguaje de un amor maternal y filial, crea un lazo imborrable entre nosotros, una conexión que solo una madre y un hijo pueden compartir.

Las madres son un regalo que la vida te brinda para que experimentes lo que es el amor en su forma más pura.

Llego al consultorio de Violeta, con el corazón latiendo con fuerza y la mente llena de dudas. Esta terapia es mi última esperanza para encontrar respuestas y claridad en medio del caos que ha invadido mi vida. Violeta, mi terapeuta, se ha convertido en un faro de luz en medio de mi preocupación, y confío en que hoy pueda guiarme hacia una decisión que ponga fin a este conflicto que me consume. La tensión en el aire es palpable mientras espero que la puerta se abra y comience la sesión.

Finalmente, la puerta del consultorio se abre, y Violeta me da la bienvenida con una sonrisa cálida. Su presencia es reconfortante, y su oficina se siente como un refugio seguro donde puedo expresar mis pensamientos más profundos sin juicios ni prejuicios.

—Hola, Evan. ¿Cómo te encuentras hoy? —pregunta Violeta mientras me invita a tomar asiento en el cómodo sofá.

Me siento y suspiro antes de responder:

—Estoy bastante abrumado, Violeta. Toda esta confusión con Alex me está desgarrando por dentro, y no sé qué decisión tomar.

Violeta asiente con comprensión, y sus ojos revelan un cansancio de la misma conversación.

—Entiendo lo difícil que ha sido para ti. Pero recuerda que estamos aquí para explorar tus sentimientos y pensamientos de manera honesta. Hablemos de cómo te has sentido desde nuestra última sesión.

Comienzo a describir la discusión con Alex, mi constante lucha desde que no estoy con él y la sensación de que mi vida está en un punto de quiebre. A medida que comparto mis pensamientos, siento que un peso se levanta de mis hombros, al menos momentáneamente. Violeta me escucha atentamente y hace preguntas perspicaces que me hacen reflexionar aún más sobre mi situación.

—¿Y si nadie me amará como él? —mi voz tiembla ligeramente al expresar uno de mis mayores temores—. Solo quiero que regresemos, que todo vuelva a ser como antes, estoy esperando que recapacite, que recuerde cuánto me ama.

Violeta se inclinó hacia adelante, sus ojos fijos en los míos, y comenzó a hablar con una profundidad que me dejó perplejo.

—Amar a un narcisista es como abrazar a un cactus que te susurra promesas de suavidad. Al principio, puede que no sientas el dolor, solo la promesa. Pero con el tiempo, las espinas empiezan a clavarse más profundamente en tu piel. Cada abrazo se convierte en un acto de masoquismo. Amar a un narcisista es como amar a una sombra vacía que solo busca su propio reflejo en tu corazón. Y, ¿sabes qué es lo más sorprendente? A veces, creemos que merecemos ese dolor, que no merecemos nada mejor. ¿Crees que puedes dejar de abrazar ese cactus?

—Pero él me ha amado como nadie. Tanto como lo amo. Solo está bastante confundido —dije con una voz temblorosa.

Violeta me miró con calma y respondió:

—¿Quieres que te recuerde todas las quejas sobre él que tengo en mis apuntes?

—No sé, yo sigo estando enamorado, aunque él no esté. No sé si quiero estar con él, pero siento que necesito estar con él, que me abrace, que me bese, que se acuerde de nuestras promesas. La desesperación me ahoga, Violeta, no puedo evitarlo. ¿Y si lo espero un poco más?

—Lo que estás experimentando es una disociación, una desconexión entre tu mente consciente y tus emociones subyacentes. Es como si fueras un observador de tu propia vida, viendo todo desde afuera, pero incapaz de conectarte verdaderamente con lo que sientes —asentí con la cabeza hacia un lado mientras cruzo mis manos—. Es como si tu mente consciente estuviera luchando contra tu mente subconsciente. Imagina que eres un capitán de un barco en medio de una tormenta, y tu mente consciente es el capitán tratando de controlar la embarcación. Pero las olas de tus emociones son tan poderosas que a menudo te arrastran en direcciones impredecibles. La disociación es una estrategia de supervivencia de tu mente para protegerte del dolor abrumador. Pero a largo plazo, te mantiene atrapado en un ciclo de conflicto interno. Necesitas reconciliar esas dos partes de ti mismo, Evan. Aceptar tus emociones y permitirte sentir, incluso si es doloroso, es el primer paso hacia la curación

—Me duele que no esté más, que lo perdí y que lo mejor es alejarme de él.

—Evan, déjame ser clara. Las características de Alex, basadas en todo lo que has compartido y en mis observaciones clínicas, encajan con un patrón de personalidad narcisista y hasta un psicópata integrado. Esto no significa que no te amara, pero un narcisista tiende a ver a las personas como extensiones de sí mismos. Sus actos pueden parecer amorosos, pero en realidad, están impulsados por su propio interés. Te aferraste a una idea de amor que se convirtió en una ilusión, una proyección de tus deseos sobre él. No digo que no haya habido momentos hermosos, pero es esencial que comprendas que amarlo es destructivo para tu bienestar. Las relaciones sanas deben basarse en la reciprocidad, el respeto y la empatía, y lo que has descrito no se ajusta a esa descripción.

Violeta sostuvo mi mirada con compasión, sus palabras cortan como un bisturí afilado mientras continúa:

—Evan, necesitas comprender que tus sentimientos de dolor y pérdida son normales después de una ruptura. Pero no debes confundir esos sentimientos con una necesidad real de estar con Alex. Lo que experimentaste con él no fue un amor sano; fue una relación disfuncional y tóxica. Tus emociones están nubladas por esa ilusión de amor que creaste, y eso te impide ver la realidad de quién es él. Además, lo que mencionas como amor puede haber sido solo una manipulación más de su parte para mantenerte cerca.

Me siento abrumado por la intensidad de sus palabras, pero sé que Violeta habla desde la experiencia. Aun así, mi corazón se resiste a dejar ir a Alex por completo.

—Entiendo lo que dices, Violeta, y sé que tienes razón en

muchos aspectos. Pero, ¿cómo puedo dejar de amarlo? ¿Cómo puedo romper este vínculo que ha sido tan fuerte en mi vida? Cada vez que intento alejarme, siento como si una parte de mí se desgarrara. No sé si puedo superar esto.

Violeta inclina la cabeza, demostrando comprensión hacia mis sentimientos, pero también mantuvo su firmeza:

—Amar a alguien que no te trata con el respeto y la consideración que mereces no es amor, Evan. Es una ilusión, una adicción a la dinámica tóxica que compartieron. No puedes dejar de amarlo de la noche a la mañana, eso es cierto. Pero puedes aprender a reconstruirte, a encontrar una relación contigo mismo antes de intentar amar a alguien más.

Permanezco en silencio durante unos momentos, sumido en mis pensamientos. La tormenta de confusión, tristeza y anhelo parece rugir dentro de mí. Finalmente, miro a Violeta y le digo con una voz que sonaba más decidida:

—Entiendo lo que dices, Violeta, y sé que tienes razón. Pero necesito tiempo para procesarlo, para encontrar la fuerza en mí mismo. No sé cuánto tiempo llevará, pero quiero intentarlo. Quiero ser capaz de amarme a mí mismo y, algún día, encontrar una relación que sea verdaderamente sana.

Violeta asiente con una expresión comprensiva.

—Eso es un paso importante, Evan. Recuerda que estoy aquí para apoyarte en este viaje, sin importar cuánto tiempo lleve. La sanación es un proceso que requiere paciencia y autocompasión.

Salgo del consultorio de Violeta con una sensación de peso aún mayor en el pecho. La analogía que ella comparte resuena en mi mente. Mi relación con Alex es como un pantano: a veces, puede parecer hermoso en la superficie, pero en su núcleo, es un terreno inestable y traicionero. Cada paso que doy en ese pantano me hunde más, y la única forma de salvarme es salir de él. Es como si me aferrara a las ramas resbaladizas de un árbol en medio del pantano, temiendo dejarlo atrás. Pero lo que no entiendo es que, a medida que avanzo, dejo que el lodo venenoso de esa relación me envuelva, contaminando mi alma y mi autoestima. Aunque mi corazón aún anhela el amor que una vez creí haber encontrado en Alex, está claro que debo liberarme del pantano en el que estamos atrapados. Es un camino lleno de dolor, pero también de promesa, y estoy dispuesto a caminarlo.

Decido dar un paseo por el parque para procesar todo lo que Violeta me ha dicho. Mientras camino, el murmullo de los árboles y el canto de los pájaros me envuelven, brindándome una sensación de serenidad. Cierro los ojos por un momento y dejo que el viento acaricie mi rostro. Es en estos momentos de calma cuando empiezo a comprender la sabiduría de las palabras de Violeta. Mi relación con Alex, aunque marcada por momentos de pasión, también ha sido un constante de emociones negativas. La idea de dejarlo atrás me llena de miedo.

Al llegar a un pequeño estanque en el parque, me detengo a observar la superficie del agua. Veo mi propio reflejo en ella, distorsionado por las ondulaciones en la superficie. Es como si mi imagen reflejara mi propia confusión. No sé cuál será mi próximo paso, pero tengo claro que necesito separarme de ese pantano antes de que me consuma por completo. Las ranas croan en el estanque, y sus sonidos se mezclan con mis pensamientos.

Caminando por las bulliciosas calles de la ciudad, me crucé con Alex. Su mirada esquiva y las palabras escasas me hicieron sentir un agudo pinchazo de soledad y tristeza. Aunque apenas habló, su silencio gritó la verdad. Sus ojos, que solían brillar cuando me miraban, ahora parecían evitar encontrarse con los míos.

—Hola, Evan.

—Hola, Alex.

—¿Cómo has estado?

—Bien, supongo —me responde sin siquiera mirar mi rostro.

—Qué bueno, me alegro.

—Tengo algo que hablar contigo —le digo suavemente.

—Yo no tengo nada que hablar contigo, ya lo nuestro quedó más que claro —me responde y continua caminando.

Sabía en mi interior, por una intuición profunda y dolorosa, que había encontrado a alguien más. La frialdad de su actitud, la prisa en su paso, todo ello me confirmó lo que mi corazón temía. Era como si nuestra historia juntos se hubiera desvanecido en el pasado, y yo era un espectro que vagaba en las sombras de su nueva realidad.

Me quedé parado en la acera, sintiéndome como un extraño en mi propia vida, mientras Alex se alejaba, llevándose consigo los fragmentos rotos de lo que solíamos ser. Era una confirmación dolorosa de que el amor que compartimos ya no me pertenecía, y mi corazón se encogió ante la inevitabilidad de dejarlo ir.

Caminé sin rumbo fijo después de nuestro encuentro, sintiendo que el mundo a mi alrededor había perdido su brillo. Los recuerdos de lo que solíamos ser, de los momentos felices que compartimos, ahora eran como sombras desvanecidas en el rincón más oscuro de mi mente.

Me enfrentaba a la dura realidad de que Alex ya no era mío y que alguien más ocupaba el lugar que alguna vez consideré mío. No me lo confirmó, pero yo lo suponía, él nunca fue frío en un encuentro fortuito, después de una ruptura. Era diferente, aunque sea un «Hola» más sincero hubiera dado. El sol se ocultó detrás de las nubes grises, y la lluvia comenzó a caer, como si el cielo mismo compartiera mi tristeza.

Me encontré a mí mismo empapado por la lluvia, caminando sin un destino claro, perdido en mis pensamientos. La imagen de Alex, frío y distante, no me abandonaba. ¿Cómo podía haber pasado esto? ¿Cómo podía haber perdido a la persona que amaba?

Preguntas sin respuesta llenaban mi mente mientras continuaba caminando bajo la lluvia. El dolor y la tristeza se entrelazaban en mi pecho, formando una sensación que amenazaba con consumirme por completo.

Sabía que debía dejarlo ir, pero eso era mucho más fácil decirlo que hacerlo. A pesar de las heridas que él me había infligido, mi corazón todavía anhelaba su presencia. Era como si una parte de mí se hubiera desprendido y ahora vagaba por el mundo, en busca de algo que ya no existía.

La lluvia siguió cayendo, lavando las lágrimas de mi rostro mientras continuaba caminando solo, en medio de la tormenta, tratando de encontrar un camino para calmar mi corazón roto.

El amor no se extingue con la partida del otro, porque su ausencia no es el fin. El amor se desvanece cuando permites que los recuerdos de lo que solía ser dejen de habitar tu mente, y con ellos, la chispa que encendía el fuego del amor.

En las jornadas que siguieron a mi doloroso encuentro con Alex, mi vida se convirtió en un caos constante. La tristeza y la furia eran como una bandera que cargaba conmigo las 24 horas del día.

A menudo, me encontraba reviviendo los momentos felices que compartimos, y también los momentos oscuros de nuestra relación. Me sumergí en mi trabajo y en mis terapias con Violeta, buscando respuestas.

A los meses de no saber de Alex, me llega un correo que me toma por sorpresa. Lo leo detenidamente:

«Querido Evan,

Espero que estés bien. He estado reflexionando mucho sobre todo lo que ha pasado entre nosotros, y siento que necesitamos hablar en persona. Necesitamos aclarar muchas cosas y, con suerte, encontrar una manera de seguir adelante.

Sé que han pasado meses desde que nos separamos, y estoy dispuesto a darte el tiempo que necesites. Pero me gustaría proponerte lo siguiente: ¿Podríamos encontrarnos en un lugar que sea significativo para ambos?, en un mes regreso de viaje. Quizás sea el momento adecuado para enfrentar lo que hemos estado evitando.

No espero que respondas de inmediato, y si decides que no quieres verme, lo entenderé. Solo quiero que sepas que aún me importas mucho, y creo que podríamos encontrar una forma de sanar y, tal vez, regresar.

Hasta entonces, cuídate.

Con cariño,

Alex»

Estas palabras dejaron mi mente inquieta. Necesitaba tiempo para procesar todo lo que significaban y si estaba dispuesto a darle a Alex una oportunidad de aclarar el pasado y, quién sabe, tal vez buscar una reconciliación. Después de una larga reflexión, decidí responder a Alex:

«Querido Alex,

Tu mensaje me tomó por sorpresa, pero no sabes cuánto tiempo he esperado escuchar de ti. Estoy dispuesto a encontrarnos en un lugar tranquilo propongo *CIAO AMORE* a las 8:00 p.m el día que llegues a la ciudad. Necesitamos hablar y aclarar muchas cosas. Espero que podamos encontrar una forma de sanar y seguir adelante, como mencionaste. Aún me importas mucho, y estoy dispuesto a intentarlo.

Hasta entonces, cuídate también.

Con cariño,
Evan»

Espero con entusiasmo los días, contándolos uno por uno, sin permitir que nada me distraiga. Cada jornada se siente como un paso más cerca de nuestro encuentro, y mi corazón late con emoción mientras el calendario avanza sin piedad.

Me dirijo a la Universidad, donde dictaré mi clase donde voy a explorar la evolución del romanticismo y adentrarnos en el mundo de los poetas que han entregado su vida al amor. La pasión y el sufrimiento que han inspirado a estos escritores a lo largo de la historia.

Escribo un poema en el pizarrón:

«A veces pienso en darte
mi eterna despedida,
borrarte en mis recuerdos
y huir de esta pasión;
mas si es en vano todo
y mi alma no te olvida,
¡qué quieres tú que yo haga
pedazo de mi vida;
qué quieres tú que yo haga
con este corazón!»

Luego, continúo con otro poema:

«Yo soy ardiente, yo soy morena,
yo soy el símbolo de la pasión;
de ansia de goces mi alma está llena.
¿A mí me buscas?»

Finalmente, añado un tercer poema en el pizarrón:

«Sintiéndose acabar con el estío
la desahuciada enferma,
«¡Moriré en el otoño!»

Pregunto a mis estudiantes:

—¿Qué tienen en común estos poemas? —la clase queda en silencio mientras piensan sobre la pregunta.

—El primero es de Acuña, y los otros dos me cuestan, pero creo que el tercero es de Rosalía de Castro. Lo que tienen en común es la época —Lis rompe el silencio.

—Profesor, creo que el segundo es de Bécquer. Y, aunque no estoy seguro, diría que lo que tienen en común es el Romanticismo —Alberto también participa.

—Correcto, Alberto. El segundo poema es de Bécquer. Y sí, todos estos poemas tienen en común la época del

Romanticismo, que se caracteriza por la pasión y la intensidad de las emociones —respondo mientras me muevo con entusiasmo por el salón—.

Luego, planteo una pregunta retórica, permitiendo una breve pausa antes de responderla:

—¿Por qué es tan importante el Romanticismo? —inquiero, mientras mi voz llena la habitación y capta la atención de mis estudiantes.

—El romanticismo es un movimiento literario y artístico de una trascendencia extraordinaria en la historia cultural y literaria. Su importancia radica en que se enfocó en la expresión genuina de las emociones humanas, abordando temas como el amor, la pasión, la tristeza y la rebeldía de una manera que nunca antes se había visto.

Los artistas y escritores románticos tuvieron el coraje de explorar los aspectos más profundos y personales de la experiencia humana, lo que resultó en obras literarias y artísticas que resuenan con el alma de cualquier individuo —me detengo cerca del escritorio apoyándome de el—. Los escritores de esta época innovaron en las formas literarias, dándonos la poesía lírica y el cuento corto, y experimentaron valientemente con la narración en primera persona —termino mi explicación con una perspectiva contemporánea—. Hoy en día, las ideas y valores del romanticismo siguen ejerciendo una influencia significativa en la cultura actual.

La idea de la importancia de la individualidad, la pasión y la conexión con la naturaleza perduran en la literatura, el arte y nuestra forma de vida. Este movimiento literario no solo moldeó el pasado, sino que sigue siendo una guía para la comprensión de la complejidad de la experiencia humana.

Entonces, con un aire de curiosidad, miro a Juan y planteo la pregunta con un tono reflexivo:

—Juan, una pregunta que debemos considerar es ¿por qué el romanticismo tuvo un impacto tan profundo en siglos pasados? ¿Qué crees que hizo que este movimiento literario y artístico fuera tan relevante en su época?

—Creo que el romanticismo fue relevante en su época porque proporcionó a las personas una forma de expresar sus emociones más profundas y auténticas en un momento en que la sociedad a menudo las reprimía —su respuesta me sorprende, impresionandome.

Añado:

—Los autores románticos abordaron cuestiones sociales y políticas importantes de la época, lo que resonó con la audiencia. Sus obras eran una especie de escape emocional y una vía para explorar el individualismo y la pasión. También desafiaron las normas literarias tradicionales, lo que les permitió experimentar con nuevas formas y estilos de escritura. En resumen, el romanticismo ofreció a las personas una válvula de escape para sus emociones y una oportunidad de explorar temas significativos, lo que lo hizo muy relevante en su tiempo.

Lis plantea una pregunta interesante

—¿Por qué morían tanto en esa época?

Doy un paso adelante, aprovechando la oportunidad de explorar un aspecto menos conocido del romanticismo. —Excelente pregunta, Lis. La alta mortalidad en esa época se debió a varios factores. Primero, es importante recordar que la medicina y la higiene en el siglo XIX estaban muy lejos de los estándares actuales. Las enfermedades infecciosas, como la tuberculosis, la fiebre tifoidea y el cólera, eran endémicas y se propagaban fácilmente en condiciones insalubres. Además, las condiciones de vida en las ciudades durante la Revolución Industrial eran extremadamente precarias, lo que llevaba a una alta mortalidad, especialmente entre la clase trabajadora. La falta de acceso a atención médica de calidad también contribuyó a las altas tasas de mortalidad. Todo esto se reflejó en la literatura y el arte de la época, donde la muerte y la enfermedad eran temas recurrentes y reflejaban la dura realidad de la vida en ese momento.

Con esta respuesta, espero arrojar luz sobre un aspecto menos romántico pero igualmente importante del contexto histórico del Romanticismo.

—¿Y a nivel poético?

—Me inclino ligeramente hacia Lis, sonriendo mientras continúo

—¡Excelente pregunta, Lis! A nivel poético, la alta mortalidad de la época tuvo un impacto significativo en la poesía romántica. Los poetas románticos a menudo exploraban temas de la muerte, la decadencia y la fugacidad de la vida. La conciencia de la mortalidad, tanto propia como de seres queridos, se convirtió en una fuente de inspiración para expresar emociones profundas y reflexionar sobre la existencia humana. Algunos poetas, como John Keats, escribieron sobre la belleza y la tristeza de la mortalidad en sus obras. La idea de 'carpe diem' o 'aprovecha el día' se volvió un tema recurrente, alentando a las personas a vivir el presente y disfrutar de la belleza y el amor antes de que llegara la inevitable muerte. En resumen, la alta mortalidad no solo influyó en la temática romántica, sino que también enriqueció su expresión poética, convirtiéndola en una fuente de belleza y profundidad emocional.

—¿Es posible morir de amor, igual que Acuña? —me pregunta José.

Me sumerjo en mi propio ahogamiento de amor, en la espera de una reunión con Alex, respiro lento y respondo.

—La idea de morir de amor, como menciona Acuña, es un tema recurrente en la literatura romántica. Aunque no necesariamente implica una muerte física, es una metáfora que representa la intensidad de las emociones y el sufrimiento amoroso. Muchos poetas románticos expresaron la idea de que el amor podía ser tan apasionado y doloroso que sentían que sus corazones o sus almas podrían sucumbir. Esta noción refleja la importancia de las emociones extremas en el romanticismo, donde los sentimientos eran exaltados y llevados al límite. Así que, en cierto sentido, sí, es posible «morir de amor» en la poesía y la literatura romántica, aunque no necesariamente en la vida real.

—¿Cómo muere Acuña entonces, si no es por amor?

—¡Muy bien, José! —añado, apreciando la profundidad de

la pregunta—. La historia de Manuel Acuña es un trágico ejemplo de cómo las emociones pueden llevar a una persona a tomar decisiones extremas, como el suicidio. Si bien no podemos afirmar que murió literalmente de amor, su muerte está profundamente relacionada con cuestiones emocionales y románticas. El suicidio de Acuña es el resultado de una combinación de factores, incluyendo su tormentosa vida amorosa, la presión social y su propia melancolía. Su relación con Rosario de la Peña y su involucramiento con otras mujeres parece haber desempeñado un papel importante en su desesperación. Además, su poesía, que a menudo expresaba un intenso sufrimiento y melancolía, revela su lucha interna. Aunque es difícil afirmar que alguien pueda «morir de amor» en el sentido literal, la historia de Manuel Acuña demuestra que las emociones intensas y los desafíos emocionales pueden llevar a situaciones trágicas. El amor y la pasión romántica pueden ser poderosos, pero también pueden causar un gran sufrimiento si no se manejan de manera saludable.

Mientras sigo explicando, no puedo evitar que mis pensamientos vuelen hacia mi próxima reunión con Alex. ¿Cómo un profesor puede fingir tan bien? Hablo de amor y ni siquiera me va bien en mi vida romántica, que irónico.

—¿Cómo usted ve el amor Profesor? —me pregunta Lis.

—Personalmente, creo que el amor es una de las emociones más intensas y transformadoras que un ser humano puede experimentar. Puede llevarnos a límites desconocidos y desencadenar una pasión y una locura que, en ocasiones, desconocemos incluso en nosotros mismos. Al igual que Acuña se entregó al extremo de intoxicarse con cianuro por amor a Rosario, el amor puede inspirar actos heroicos o trágicos. Es un sentimiento que nos conecta con nuestra propia humanidad, con nuestra vulnerabilidad y, al mismo tiempo, con nuestra capacidad para amar con una intensidad asombrosa. El romanticismo, con su énfasis en la expresión sincera de las emociones, nos ayudó a explorar estas complejas dimensiones del amor, y es por eso que sigue siendo un tema de profundo interés en la literatura y el arte.

Me siento satisfecho con la respuesta y, al mismo tiempo, ansioso por los próximos días que se acercan rápidamente, cuando finalmente me reuniré con Alex para enfrentar nuestro propio drama romántico.

Llegó finalmente el día que había estado esperando con ansias: la cena con Alex. Mientras me preparo, el nerviosismo y la emoción se mezclan en mi interior. Opto por vestirme con elegancia para la ocasión.

Deslizo mis piernas en un par de pantalones negros oscuros que se ajustan perfectamente a mi figura. Combinándolos con una camisa satinada de color negro, logro un conjunto sobrio pero sofisticado. Las botas de cuero, pulidas hasta brillar, completan mi atuendo con un toque de actitud.

Miro mi reflejo en el espejo, ajustando la camisa y asegurándome de que todo esté impecable. El cabello peinado con precisión y una pizca de mi colonia favorita, y estoy listo para partir.

Llego al restaurante puntual, con una mezcla de emoción y ansiedad. Observo el reloj, y aunque aún es temprano, la impaciencia parece acelerar el tiempo. El mesero se acerca, le envío un mensaje a Alex, pero noto que no he recibido respuesta de Alex.

Decido pedir un vino tinto para calmar mis nervios mientras espero. Opto por un platillo ligero de carne para compartir con el vino, aunque mi apetito se ve eclipsado por la incertidumbre. Mi elección es sencilla y no muy elaborada, ya que mi mente está más enfocada en la espera de la persona que se ha convertido en el centro de mi atención.

Mientras pido otra copa de vino, una sensación amarga se apodera de mí. Las horas pasan, y no hay señales de que Alex vaya a aparecer. Mi corazón se hunde al darme cuenta de que he sido plantado, que quizás esta reunión era solo una ilusión.

A pesar de la desilusión, me contengo, mantengo una sonrisa en el rostro para no mostrar mi decepción al mesero, quien ha sido testigo de mi espera.

Han transcurrido tres largas horas, y finalmente, acepto la realidad de que no vendrá. Pido la cuenta y me retiro del restaurante. Mi sonrisa, aunque aparentemente amable, esconde la tristeza y la amargura que siento. La noche que prometía ser especial se ha convertido en un recordatorio doloroso de las expectativas no cumplidas y las promesas rotas.

Llamo una vez y el teléfono de Alex permanece en silencio, como una fría y dolorosa negación. Cierro el móvil, intentando evitar que las horas se conviertan en una tortuosa letanía de incertidumbre. Pero mi desesperación me lleva a intentar nuevamente, solo para aclarar lo que ha sucedido, para encontrar una respuesta, una explicación que me ayude a comprender.

El teléfono suena, y mi corazón late con esperanza. Pero no es la voz de Alex la que escucho al otro lado de la línea. En lugar de eso, un hombre se identifica como Camilo, el novio de Alex. Su voz es firme y serena, y el impacto de sus palabras cae sobre mí como un martillo.

Las lágrimas brotan de mis ojos con una ternura desgarradora, recorriendo mi rostro mientras intento mantener la compostura. Un nudo se forma en mi garganta, dificultándome el hablar. Mi respuesta es un susurro ahogado:

—Soy Evan…

—¿Para qué buscas a mi novio?

La noticia me golpea con fuerza, como una ola de dolor que me sumerge en la desesperación. El silencio que sigue es incómodo, y siento que mi alma está siendo arrancada de mí. Finalmente, logro articular unas palabras:

—Él me buscó a mí, pero tranquilo, no pasa nada. Feliz noche.

Cuelgo el teléfono con manos temblorosas, incapaz de entender por qué Alex me ha hecho esto. Me sumo en la negrura de mis pensamientos mientras subo a un auto que me lleva a casa. El viaje es una sucesión borrosa de luces y sombras, mientras mi mente se llena de preguntas sin respuesta.

Llego a mi apartamento y, al entrar, las lágrimas brotan nuevamente, esta vez sin restricciones. La tristeza y la ira se mezclan en un torbellino de emociones. Desesperado, llamo a Violeta, necesitando la voz y el consuelo de alguien.

—¡Me mintió, Violeta! —grito con lágrimas en los ojos, la rabia y la desesperación consumiéndome por dentro—. Dijo que hablaríamos, que quería arreglar las cosas, ¡y no apareció!

Violeta, al otro lado de la llamada, escucha mi voz cargada de dolor y angustia. Sus palabras de comprensión no pueden aliviar la amargura que siento.

—Ay, Evan, lo siento mucho. Debe ser terrible. —Su voz suena llena de empatía, pero nada puede calmar la tormenta que arremete en mi interior.

—¡Violeta me mintió! —repito, mientras me encuentro arrodillado en mi cama, el dolor punzante en mi pecho.

—Lo sé, Evan, esto es realmente duro. No puedo creer que haya hecho algo así. A esta hora no vamos a hacer mucho. Más que llorar, llorar por lo que no pasó, llorar de rabia, llorar será tu amiga hoy.

—Me traicionó una vez más —susurro porque me duele algo más grande que el corazón, es como la existencia...

—La gente traiciona, Evan, y no tiene nada que ver contigo. Tú fuiste genuino hasta el final, y ya no hay nada que hacer allí. Lo que debes hacer hoy es bañarte con agua fría, hasta que pase la emoción, dormir, y te programo una cita para mañana en la mañana. Estoy al móvil pendiente de ti.

Grito mientras alejo el móvil de mí, sintiendo una cascada de angustia, desesperación y agonía que me abruman, que me arrodillan de dolor. Lágrimas brotan de mis ojos sin control. La traición de Alex me hiere hasta lo más profundo de mi ser, y la impotencia de la situación se cierne sobre mí como una pesada losa. Mis gritos son un lamento desgarrador en la noche silenciosa, un grito a un universo indiferente que parece burlarse de mi dolor.

¡Dios mío! ¿Qué he hecho para merecer esta crueldad? ¡NO, NO, NO, NO! Grito con una intensidad que resuena en mi mente, como si cada palabra fuera un martillo que golpea mi cordura. Las lágrimas corren desenfrenadas por mis mejillas, y siento cómo mi garganta se rasga con la desesperación que brota de lo más profundo de mi ser. Mi habitación se convierte en un remolino de caos, y me hundo en un trance psicótico producto del dolor, donde la realidad se distorsiona y la ira con la tristeza se entrelazan en una danza macabra. La vida, que antes tenía sentido, ahora parece un cruel enigma que no puedo resolver.

Poco a poco, el dolor se apodera de mi ser, como si se infiltrara en mi fisiología básica, en lo más pequeño de mis células. Cierro los ojos, me tapo la boca con las manos temblorosas, con una respiración cortada y siento cómo mi mente se sumerge en la oscuridad. El agotamiento, tanto físico como emocional, se convierte en una pesada manta que me envuelve. El latido de mi corazón, una vez frenético, comienza a desacelerar, como si mi cuerpo buscara refugio en el sueño para escapar del tormento de la realidad. Me sumo en un letargo profundo, donde el dolor y la confusión se desvanecen lentamente, dejando solo el susurro de la inconsciencia.

Y si tengo que volver a nacer para amarte una y mil veces, lo haré con gusto.

Me despierto en medio de la madrugada, con el corazón palpitando descontroladamente. El sudor empapa mi frente, y un escalofrío recorre mi espalda al recordar los acontecimientos de la noche anterior. Me incorporo bruscamente, el cuerpo dolorido por haber dormido en el frío suelo, y las lágrimas comienzan a brotar de mis ojos. La cruel realidad se hace presente de nuevo, y la angustia me abraza con fuerza mientras lloro, consciente de que no ha sido un mal sueño, sino un doloroso episodio de traición.

Corro hacia mi auto y conduzco frenéticamente hasta la casa de mi madre, con lágrimas corriendo por mis mejillas sin cesar. Al entrar, me derrumbo en sus brazos, sollozando con desconsuelo.

—¿Qué pasó, mi niño? —mi madre pregunta con preocupación.

—Mamá, me mintieron, me traicionaron una vez más, me humillaron... y me duele, me duele tanto —susurro entre sollozos, buscando consuelo en el abrazo de mi madre.

Mi madre me abraza con ternura y me acaricia el cabello mientras me consuela.

—Hasta cuándo permitirás que ese hombre rompa tu corazoncito? —me pregunta con preocupación—. Eres una persona increíble, no debes permitir nunca más que ese hombre regrese a tu vida, bajo ninguna circunstancia. Esto pasará, créeme, mi dulce niño. ¿Quieres desayuno? Recuéstate en el sillón mientras te preparo algo.

Acepto su oferta agradecido, y me recuesto en el sillón de su acogedora sala. La compañía de mi madre se convierte en un bálsamo para mi alma, brindándome un refugio temporal en medio de este Huracán.

Me quedo dormido unos minutos, y al abrir los ojos, miro a mi madre, preguntando por su estado de salud.

—¿Cómo te sientes del estómago, madre?

—Con un poco de cólicos, pero estoy bien.

—¿Ya fuiste al médico?

—Sí, estoy bajo el cuidado de un especialista, todo está

bien, hijo mío.

Me quedo a su lado un rato más, disfrutando de su presencia, hasta que finalmente me levanto del sillón.

—Gracias, mamá. Necesitaba esto más de lo que podía imaginar.

Ella me sonríe con dulzura y acaricia mi rostro.

—Siempre estaré aquí para ti, mi amor. Ahora, ¿qué te parece si desayunamos algo juntos?

Asiento con gratitud y nos dirigimos a la cocina, donde mi madre tiene listo el desayuno. La sensación de calor y amor en su hogar es reconfortante, y aunque mi corazón sigue herido.

—El amor de juventud puede ser increíblemente doloroso, ¿verdad? —le confieso a mi madre mientras descanso mi cabeza en mis manos.

Ella asiente con comprensión.

—Sí. El primer amor a menudo trae consigo una intensidad y una profundidad de sentimientos que pueden ser abrumadores. Pero con el tiempo, sanarás y encontrarás el amor de nuevo. No olvides que siempre estaré aquí para ti, pase lo que pase.

—¿Por qué duele tanto? es como si no tuviera otro amor, pero te tengo a ti, y eso debe bastarme.

—Hijo, el amor de una madre es incondicional, igual que el de un hijo. Por lo general, las buenas madres tienen buenos hijos. Es la química básica del amor, que evolucionó en nosotros para cuidar a las crías y asegurar que la descendencia crezca y llegue a la adultez. Sin embargo, el amor romántico, el amor de pareja, cumple un propósito biológico y social diferente. Se trata de formar una pareja, de tener una compañía, de tener relaciones sexuales, de formar una familia y cumplir con una serie de objetivos. Cuando ese amor se acaba, el dolor es una respuesta natural, no solo por la persona, sino por todo lo que se lleva consigo. Es la pérdida de un mundo de posibilidades.

—Eres la persona más brillante que he conocido después de mí —sonrío y le agradezco.

—Ja ja ja, qué modesto eres ¿verdad? —mi madre ríe.

Saliendo de casa de mi madre, me dirijo al consultorio de Violeta con una apariencia desgastada y ojerosa, exhausto por las fluctuaciones emocionales que he experimentado.

El amor de una madre, sublime y verdadero, brilla como un faro en la noche de la vida. Sus palabras son un bálsamo que calma las tormentas, su sonrisa es luz en la oscuridad más profunda, y su abrazo es el refugio más dulce en los momentos de desesperación. En su amor encontramos el consuelo más puro y la fortaleza que nos sostiene en cada amanecer. Madre, eres el tesoro más preciado en el rincón más cálido de mi corazón.

Violeta me mira con preocupación cuando entro a su consultorio, notando mi aspecto trasnochado y los rastros del llanto en mis ojos.

—Evan, ¿qué ha pasado? —me pregunta con voz suave mientras me hace un gesto para que tome asiento en el sillón—. Estás desmejorado, ¿quieres contarme qué sucedió?

Me dejo caer en el asiento, suspirando profundamente antes de hablar.

—Violeta, Alex me ha hecho algo terrible. Me citó en un restaurante para hablar y luego simplemente no apareció. Me dejó plantado, y cuando finalmente llamé, alguien más contestó el teléfono y me dijo que era el novio de Alex. Fue una humillación total.

Violeta asiente comprensivamente, toma una nota y luego me mira con empatía.

—Eso suena realmente doloroso, Evan. Lamento que hayas tenido que pasar por eso. Pero estoy aquí para ayudarte a enfrentar esto. Hablar sobre lo que sucedió es un buen primer paso. ¿Quieres contarme más detalles o cómo te sientes al respecto?

—Solo sé que esta fue una traición vil y cruel.

—Como te mencioné por teléfono, la gente a veces lastima, y no tiene nada que ver contigo.

—Pero él lo hizo personal, me lastimó a mí, yo confíe en él —respondo con rabia, con amargura, tanto que aprieto mis dientes mientras hablo.

—Tú no confías en las personas para evitar que te lastimen o te traicionen. Debes confiar en que tienes la fortaleza para lidiar con ello cuando suceda.

—Yo lo quería conmigo cerca de mí —digo llorando de frustración.

—Debes aceptar radicalmente que alejarte de Alex es lo mejor para ti —me dice Violeta—. Eso es algo que puedes hacer, aunque no es fácil, lo sabemos. Es complicado, también lo sé, pero ¿qué prefieres? ¿Superar esto en tu vida o cargar con un lastre toda tu existencia? Tú decides.

—Aceptar, ¿cómo? Dime, ¿cómo? y lo hago. Haz tu trabajo y dime cómo olvidar a la persona que más he amado. Si me das tu receta mágica, lo hago.

—Es aceptar que no volverá, ya se fue, ya se marchó. Tú mismo dices que tiene a alguien más. ¿Qué idea absurda te hace pensar que va a regresar? —me lo dice con calma, tan estoica que me enfurece, como si no comprendiera el dolor que estoy sintiendo—.

—Tú entiendes que esto me está consumiendo —comienzo a llorar, la angustia me abruma. Me tiro al suelo y grito, mientras Violeta me mira como nunca antes, se da cuenta de cuánto estoy sufriendo—.

—Evan, sé que duele mucho un corazón roto, pero te aseguro que nadie muere por amor. Ahora mismo, todo es una mierda, una verdadera basura. Nada va bien, todo se desmorona. Sin embargo, algún día, poco a poco, el corazón dejará de doler, los pensamientos disminuirán, y sin darte cuenta, conocerás a alguien más.

Comenzando con mi rostro enrojecido de rabia y frustración, grito desde el suelo.

—No quiero a nadie más. No quiero a nadie más. No quiero a nadie más —repito mientras golpeo el suelo con todas mis fuerzas, como si la tierra misma pudiera entender y aliviar el inmenso dolor que siento. Violeta me mira con comprensión en sus ojos y no se inmuta por mi enojo—.

—Evan, está bien sentirlo así. Está bien estar enojado, herido, y sentir que nunca podrás amar de nuevo. Pero la vida es impredecible. Poco a poco, con el tiempo, las cosas pueden cambiar. Tal vez no ahora, tal vez no en un mes, tal vez no en un año, pero con el tiempo, las heridas sanan. No digo que olvides a Alex, pero aprenderás a vivir sin él.

Me quedo en el suelo, sollozando, sintiendo como si una parte de mí se estuviera desmoronando. Aunque sus palabras eran razonables, en ese momento, no podía imaginar un futuro sin Alex. Era como si mi mundo se hubiera reducido a su ausencia, y la idea de seguir adelante sin él me aterraba.

Esa noche, después de liberar una parte de mi rabia y tristeza en la sesión con Violeta, regresé a casa exhausto. A pesar de mis esfuerzos por distraerme con el trabajo y las terapias, la ausencia de Alex seguía siendo un agujero en mi vida, uno que no sabía cómo llenar. Cada rincón de mi hogar estaba marcado por su presencia, y los recuerdos de los momentos que compartimos parecían acechar en cada esquina. Mi cama, que solía ser un refugio, se sentía fría y desolada. Incluso los pequeños detalles, como su cepillo de dientes olvidado en el baño o su chaqueta en el perchero, eran recordatorios constantes de lo que solía ser y ya no era.

Me hundí en mis pensamientos, tratando de comprender cómo había llegado a este punto, cómo todo lo que compartimos se desmoronó de una manera tan dolorosa. Mientras la noche avanzaba, me di cuenta de que, aunque la tristeza y la rabia seguían presentes, también había una pequeña chispa de esperanza en mi interior.

Mis ojos se posaron en un libro en mi escritorio. Lo tomé y lo observé, una frase resonó en mi mente «No hay mal que dure cien años». Es irónico pensar en el tiempo y la eternidad del sufrimiento que estaba experimentando.

En las noches solitarias, me encontraba luchando contra la tentación de marcar el número de Alex, de buscarlo, de aferrarme a la ilusión de lo que solíamos ser. No obstante, sabía que eso solo prolongaría mi agonía. Las palabras de Violeta reverberaban en mi mente, rememorándome la necesidad de soltar a alguien que ya no me amaba de la forma que merecía. La lluvia, que había sido testigo de mi encuentro con Alex, se volvió un recordatorio constante de mi tristeza y mi pérdida. Las gotas de agua caían como lágrimas del cielo, como si el universo compartiera mi pesar. A medida que continuaba navegando por el tortuoso camino del olvido de

Alex, la vida me tenía reservada una nueva prueba. La salud de mi madre comenzó a deteriorarse, de la noche a la mañana. La llevaron de inmediato al hospital. La enfermedad de mi madre se convirtió en un recordatorio de la fragilidad de la existencia y de lo inesperado que podía ser el futuro. Ahora, mi atención se enfoca en el cuidado de la mujer que me había criado, de quien me ha amado como nadie y me ha dado todo de ella.

La vida puede cambiar de la noche a la mañana, y nadie te promete que será fácil.

2

CAOS

—Después de esto nos iremos a un viaje en mi Miami, te aseguro madre. Vas a salir de esto, te lo aseguro —le dije con una gran sonrisa en mi rostro.

Ella me miró con cariño, aunque su rostro estaba marcado por su enfermedad. Su voz, tranquila y serena, respondió a mi promesa. —Cuando me sienta mejor, lo haremos. ¿Cómo va la universidad?

—Bien, todo marcha bien

Ella sonrió débilmente y continuó —No descuides tus cosas por venir a visitarme.

—En este momento no importa más nada que tu bienestar. Ya debes dejar de preocuparte por los demás, preocúpate por ti, por tu recuperación, por tu bienestar. A nadie le importas como a mí. Te llega a pasar algo, y a nadie le harás tanta falta como a mí. Todos somos reemplazables en esta sociedad, suena duro, pero es así. Y por eso debes invertir todas tus energías en tí—le aseguré mientras sostenía su mano con ternura.

—Como has cambiado. Se nota que las terapias te están ayudando mucho. Se nota tu madurez —me dijo mi madre mientras me sentaba a su lado en la cama. Sus ojos se llenaron de lágrimas, una expresión de vulnerabilidad que nunca antes había visto en ella.

Sus palabras me conmovieron profundamente. Le acaricié el cabello con ternura y me dijo.

—Mírame, yo me creía fuerte, y estoy aquí postrada en una cama —ella secó un poco las lágrimas en su rostro.

—La vulnerabilidad es parte de lo que somos, llora si quieres, no eres de hierro, eres la mujer más fuerte que he conocido, pero madre, eso no te hace distinta a los demás. Los momentos de fragilidad nos hacen humanos—. Sus lágrimas continuaron fluyendo, pero esta vez, eran lágrimas liberadoras, incluso las más fuertes, tienen momentos de debilidad y necesitan apoyo. Nos abrazamos y compartimos un momento de conexión en medio de la lucha contra la enfermedad que estaba afectando nuestras vidas. Aquel contacto físico, aunque breve, fue un vínculo emocional que compartimos en un momento tan difícil. Su mirada, llena de amor y sabiduría, también se convirtió en un regalo.

—Mamá, eres la mujer más inteligente que he conocido, y quiero agradecerte por lo que soy hoy. Siempre fuiste mi ángel en forma de mamá. De un millón de posibilidades, me diste la oportunidad de tener una educación, me adoptaste, le diste sentido a mi vida, me brindaste los abrazos más genuinos y los regalos más preciados. Siempre me has dado tu mano para caminar en la oscuridad, y eso es algo que siempre llevaré guardado en mi corazón. Eres mi inspiración y mi mayor apoyo.

Después de un momento de silencio, continuamos nuestra conversación.

—¿Qué estás dando en clases? —me preguntó, buscando cambiar el tono de la conversación.

—Estoy enseñando sobre la evolución del romanticismo. Es un tema interesante que permite a los estudiantes explorar cómo las ideas y el pensamiento humano han evolucionado a lo largo de los siglos.

Mi madre y yo continuamos nuestra conversación, y ella, en un momento de profundidad, me planteó una pregunta que requería una reflexión seria.

—¿Qué opinas de la muerte? —me preguntó, esperando

una respuesta que reflejara mi formación académica.

Pensativo, tratando de encontrar las palabras adecuadas para abordar un tema tan complejo y universal. La pregunta de mi madre iba más allá de la mera curiosidad; estaba buscando una perspectiva que le ayudara a enfrentar su propia situación.

—La muerte es un tema profundamente humano y filosófico, mamá. A lo largo de la historia, los pensadores han reflexionado sobre la naturaleza de la muerte y su significado. Algunos ven la muerte como el fin absoluto, mientras que otros creen en la continuidad del alma o la existencia de alguna forma de vida después de la muerte.

—¿Y tú qué piensas?

Tomé un momento para considerar mi respuesta, consciente de que mi madre esperaba algo más que una simple cita filosófica.

—Creo que la muerte es una parte inevitable de la vida. Es un misterio que nos aterra por motivos evolutivos. Pero también creo que la muerte, en última instancia, da significado a la vida. Nos recuerda la importancia de vivir cada día con autenticidad, tratar de apreciar las conexiones humanas. Es un recordatorio de que somos vulnerables y finitos, lo que nos impulsa a buscar significado y propósito en nuestras vidas.

Mi madre asintió con calma

—Eres un hombre sabio, Evan. Gracias por compartir tus pensamientos conmigo.

—¿Y tú qué piensas mamá?

—Creo que la muerte es una transición, Evan. Una continuación de nuestro viaje en una forma diferente. Algo menos terrenal y más energético. No sé si existe un más allá en el sentido tradicional, ángeles, un cielo o un infierno, pero me gusta pensar que vamos a un plano perfecto, una transición hacia la energía universal. Filósofos como Sócrates sostenían que la muerte podía ser vista como una liberación del cuerpo y una oportunidad para el alma de alcanzar un estado superior. En la ciencia, sabemos que la energía nunca se destruye, solo se transforma. Esto también se aplica a nuestros cuerpos y, por extensión, a nuestras vidas. Cuando morimos, nuestros átomos y energía se integran nuevamente en la naturaleza, contribuyendo al ciclo constante de la vida. A mi no me da miedo morir, creo que estoy lista para ello, tú eres grande, trabajas, eres brillante, independiente. Mi propósito contigo ya lo he culminado, tienes como defenderte de este mundo.

—Es una perspectiva hermosa, mamá. Y no importa cuál sea la verdad, lo importante es cómo nos hace sentir y cómo vivimos nuestras vidas mientras estamos aquí.

Después de nuestras emotivas palabras, pasamos un tiempo juntos en el hospital, compartiendo anécdotas y risas para aligerar el ambiente. Mi madre se encontraba en proceso de recuperación, y esa mejoría llenaba de esperanza nuestros corazones. El sol comenzaba a ponerse, y finalmente llegó el momento de dejar el hospital por el día. Prometí volver al día siguiente, dispuesto a seguir apoyándola en su camino hacia la recuperación. Conduzco a casa, reflexiono sobre la fragilidad de la vida y el valor de las relaciones familiares. Mi madre era mi roca, y aunque estaba pasando por momentos difíciles, su fortaleza y sabiduría seguían siendo una fuente constante de inspiración en mi vida.

Me adentro en mi apartamento exhausto, dejándome caer al suelo. La oscuridad de la noche envuelve la sala mientras las lágrimas comienzan a brotar de mis ojos. Siento un miedo abrumador, el miedo a perder a la persona más importante de mi vida.

Abro una botella de vino, buscando en su cálida y amarga esencia un consuelo momentáneo para mi angustia. Cada sorbo es un intento de calmar mi dolor, de entender lo que está ocurriendo, pero el sufrimiento persiste, implacable y destructor. La noche se vuelve mi única compañía en esta penumbra de emociones, mientras me sumerjo en un abismo de desesperación.

Al día siguiente, me dirijo hacia la universidad, preocupado por el estado de mi madre. En medio de mis pensamientos, recibí una llamada de mi madre que trajo un rayo de esperanza a mi día.

—Evan, creo que me darán el alta. Siento una mejoría y los médicos están siendo optimistas.

Un suspiro de alivio escapó de mis labios al escuchar esas palabras.

—Que bueno, mamá. Después de mis clases, pasaré a verte.

—Por favor, aprovecha la oportunidad de enseñar a tus estudiantes. No los intimides, no les demuestre que no saben, enseñales con amor. Eres un joven inteligente y puedes compartir tus conocimientos con ellos. Siempre recuerda cuánto te quiero, mi niño.

—Yo también te quiero mucho, madre. *I love you too motha* —respondí antes de cerrar el teléfono, sintiendo una cálida sonrisa en mi rostro.

Ese día, mientras me encontraba inmerso en la monotonía de la clase, el teléfono rompió el silencio con una llamada que cambiaría mi vida para siempre. El tono agudo y penetrante del teléfono parecía una señal de alarma, y mi corazón empezó a latir con fuerza, presintiendo que algo estaba terriblemente mal. Mis manos comenzaron a temblar incontrolablemente mientras agarraba el teléfono. La voz al otro lado de la línea parecía distante, como un eco sombrío que resonaba en mis oídos. Intenté mantener la calma, pero la ansiedad se apoderó de mí. La persona al teléfono pronunció las palabras que cambiarían mi mundo por completo.

—No hay mejoría, Evan. Lamento informarte que tu madre ha fallecido. Las palabras golpean mi pecho como un martillo, robándome el aliento y dejándome con una sensación de vacío. El mundo a mi alrededor se volvió borroso, y la realidad se distorsiona en una pesadilla surrealista. La sala de clases se desvaneció, y me encontré en un abismo, como si mi respiración se cortara en conjunto con la voz a lado del teléfono. Los sonidos y las voces a mi alrededor se desvanecieron, y todo lo que podía escuchar era el latido de mi propio corazón, un eco rítmico.

Las lágrimas llenaron mis ojos y se deslizaron por mis mejillas mientras me enfrentaba a la devastadora noticia. El mundo se sintió oscuro y sombrío, como si hubiera perdido todo su color y vida. La realidad de la muerte de mi madre se cierne sobre mí como un balde de agua fría. La vida tal como la conocía había cambiado para siempre, y me encontré atrapado en un río de locura. El mundo exterior se desvaneció, y en ese momento, solo existía la desgarradora tragedia que acababa de recibir.

—Debe venir al hospital a reconocer a su madre. Las palabras del médico perforaron mi alma como dagas afiladas. Dejé atrás la sala de clases, pedí disculpas apresuradas hacia mis estudiantes. El mundo a mi alrededor se volvió borroso mientras mi mente intentaba procesar lo que acababa de escuchar. Manejo como nunca antes, con las manos temblorosas y el corazón latiendo descontroladamente. El volante parece una extensión de mi cuerpo, y mi mente está inundada de pensamientos oscuros. Golpeo el volante con rabia, sin saber realmente qué está sucediendo, sintiendo la impotencia de una realidad que me supera. Las luces de la ciudad pasaban velozmente, pero mi mente estaba atrapada en una pesadilla interminable. El hospital se acercaba rápidamente, y la idea de enfrentar lo que me espera allí me llena de terror.

Entro al hospital y subo cada escalera con pasos temblorosos, sintiendo que mi corazón late con una furia desesperada en mi pecho. Cada paso me agita, cada corredor parece una eternidad, y finalmente, llego a la puerta de la habitación. Me detengo en la puerta, con el pulso acelerado y una opresión en el pecho que casi me hace tambalear.

Y allí está ella, el amor de mi vida, mi madre, acostada en una cama de hospital. El contraste entre su fragilidad y la fortaleza que siempre representó es abrumador. Su rostro, que una vez irradiaba amor y alegría, ahora parece sereno en su quietud, pero también pálido y demacrado. Me acerco lentamente a su lado, sintiendo el nudo en mi garganta que amenaza con ahogarme.

Tomo su mano con la delicadeza de quien sostiene un cristal frágil, con miedo a lastimarla con la más mínima presión. Sus labios, que solían curvarse en sonrisas que iluminaban mi mundo, ahora están en silencio, y sus ojos, una ventana a su alma cariñosa, están cerrados. El tiempo se detiene mientras contemplo su rostro, tratando de grabar cada detalle en mi mente, temiendo que este sea el último momento que compartiremos.

Mis lágrimas caen sin restricción mientras sostengo la mano fría de mi madre, esa mano que tantas veces me brindó consuelo y apoyo. La angustia me oprime el pecho, y siento que mi corazón es una herida abierta que no deja de sangrar. Grito y grito en la habitación del hospital, como si mi voz pudiera cambiar la realidad, como si pudiera traerla de vuelta de entre las sombras. Cada grito es un lamento desgarrador que resuena en las paredes estériles de la habitación. El dolor es feroz, como si el mundo entero se estuviera desmoronando a mi alrededor y yo estuviera atrapado en un universo paralelo, muy distinto a mi realidad.

—Mamita, ¿qué pasó? Ven, abrázame. Cuéntame. Dios, esto debe ser mentira. Devuélveme a mi mamá. —Mis palabras brotan entre sollozos, llenas de dolor, incredulidad y un anhelo desesperado por tenerla de vuelta. Mi voz tiembla mientras la llamo «mamita», como si con solo nombrarla, pudiera traerla de regreso.

Sigo llorando, sin entender por qué la vida me ha arrebatado a la persona que más amo. Mis palabras se convierten en un lamento, en una súplica al cielo.

—Tú eres mi amor, eres mi alegría. Todo lo que tengo. Tú eres mi refugio. ¿Qué haré sin ti, mamá?

La habitación parece cerrarse a mi alrededor mientras me aferro a su mano, sin atreverme a abrazarla, temiendo que al hacerlo, la lastime. Mi mente se aferra a la esperanza de que esto es un mal sueño, y que en cualquier momento despierta y me regala una de sus cálidas sonrisas, como solía hacerlo.

El silencio del hospital se convierte en un tormento. Las luces parpadean en la sala, como si estuvieran tratando de ofrecer consuelo. Pero no hay consuelo que pueda aliviar el peso de la pérdida que se cierne sobre mí. El tiempo se vuelve relativo, y me encuentro perdido en un mundo donde la lógica y la razón han perdido su significado. Todo lo que queda es el dolor, la incredulidad y el profundo anhelo de que este pesadillesco escenario se desvanezca y mi madre vuelva a mí.

El sonido incesante de mi teléfono móvil llena el aire, pero apenas presto atención mientras desciendo las escaleras del hospital. Al llegar a la entrada, me encuentro con Nora, una colega y gran amiga de mi madre, quien ha sido como una segunda madre para mí durante todos estos años. Incapaz de controlar mis emociones, me derrumbo en sus brazos, abrumado por el dolor y la angustia. Nora me conduce hacia un rincón tranquilo de la sala de espera, lejos de las miradas curiosas y el ajetreo del hospital. Mientras me siento en una silla, ella se sienta a mi lado y me sostiene la mano con ternura.

—Evan, lo siento tanto —dice Nora con voz suave—. Tu madre era una persona increíble, y sé cuánto la amabas. Esta pérdida es inmensa. Las lágrimas vuelven a llenar mis ojos mientras asiento en silencio, incapaz de articular mis pensamientos y emociones en palabras.

Al llegar a casa, mi ira y tristeza se vuelven incontrolables. No puedo soportar la realidad de que mi madre se ha ido, y la impotencia me consume. Comienzo a destrozar objetos en mi hogar, arrojando cosas con furia. La rabia se mezcla en mi interior, creando unas emociones incontrolables, nunca las había sentido de está manera. Mi hogar, que solía ser un refugio, ahora se convierte en un escenario de destrucción.

En un frenesí de desesperación, empiezo a destrozar todo lo que encuentro a mi paso. Una locura consume mi mente. Las copas de vidrio se rompen en pedazos afilados que cortan mis pies, pero ni siquiera siento dolor físico de mis pies cortados por filos de vidrios, solo veo sangre por todo el suelo. Mi voz se convierte en un grito desgarrador, un lamento que intenta atravesar las paredes y llegar al cielo. Quiero que Dios escuche mi agonía, que sienta el vacío que mi madre ha dejado en mi vida.

Los muebles vuelan por la habitación, chocando contra las paredes y rompiéndose en astillas. Cada golpe, cada grito, es un intento desesperado de negar la realidad, de deshacer lo que ha sucedido. La violencia del caos que rodea mi cuerpo refleja la tormenta que azota mi mente. No puedo evitar la avalancha de emociones que me consume, y mi voz se quiebra en sollozos incontrolables.

Mis manos, ahora manchadas de sangre y lágrimas, se aferran a la última hebra de esperanza que se desliza entre mis dedos, pero sé que es en vano. Ya no hay salvación, ni para mí ni para lo que solía ser mi hogar. Finalmente, exhausto y herido, me derrumbo contra la puerta, dejando que el frío y el silencio me envuelvan. La casa yace en ruinas a mi alrededor, una metáfora perfecta de mi propio ser destrozado.

Las paredes, una vez testigos de risas y conversaciones, ahora contemplan mi devastación. Los recuerdos felices se mezclan con la oscuridad que se ha apoderado de mi alma. El duelo, intenso y abrumador, es como una tormenta de fuego que me quema desde adentro. «Mamá, dejaste un agujero en mi pecho ahora que te fuiste», susurro con voz temblorosa. «Y mi corazón se ha ido contigo». La idea de que mi madre se haya ido para siempre me asfixia. Era mi refugio, mi guía, mi razón para seguir adelante. Me paro sangrando en el pasillo, viendo cómo nada tiene sentido. Las esperanzas y los sueños yacen hechos pedazos en el suelo. «¿Dios qué hice mal? ¿Dónde está mi mamá?». Me pregunto en medio de mi agonía. ¿Podría haber hecho algo para cambiar esto? ¿Podría haber sido un hijo mejor, haber expresado más mi amor, haber estado más cerca de ti? Y podrías haber dicho cualquier cosa, mamá, podrías haberme dicho que todo estaría bien, que esta pesadilla terminaría. Pero en su lugar, me dejaste con este abismo de dolor que parece no tener fin, una herida que nunca sanará.

Dios, puedo quemar esta ciudad con este dolor que me está matando. Cualquier cosa haría para escapar de este sufrimiento, para sentir un alivio aunque sea por un instante. Mis lágrimas arderían como fuego en este acto desesperado de liberación, pero el resultado sería el mismo: «una ciudad arrasada por el dolor, como mi corazón, que se ha convertido en un páramo sin esperanza».

Organizar un funeral se convierte en una tarea abrumadora, una de las experiencias más complicadas de la existencia de cualquier persona. A pesar de que mi mente aún lucha por comprender que mi madre se ha ido, la realidad me enfrenta a la dura responsabilidad de despedirla.

Lo primero que hago es contactar a una funeraria, aunque incluso marcar ese número me resulta doloroso. Es como si lo estuviera haciendo para una persona desconocida, no para el amor de mi vida. La voz del empleado es serena. Me guía a través de los pasos necesarios, pero cada palabra que pronuncia parece lejana y difusa, como si estuviera atravesando un sueño.

La elección del ataúd, algo que anteriormente había considerado irrelevante debido a mi filosofía epicúrea, se convierte en una experiencia profundamente surrealista y, de alguna manera, irónica. Durante años, había abrazado la filosofía epicúrea, que abogaba por vivir una vida plena y disfrutar de las cosas simples, sin temer a la muerte. Había discutido con muchas personas cercanas sobre cómo la muerte no debería ser motivo de preocupación, ya que no experimentaríamos su llegada.

Sin embargo, ahora me encuentro sumido en un dolor asfixiante, luchando por entender la partida de mi madre. Mis creencias filosóficas chocan violentamente con la realidad de la pérdida, y me siento atrapado en un dilema emocional. ¿Cómo puede la muerte de aquellos a quienes más amamos arrancarnos de las garras de nuestras creencias más firmes? Como personajes en el gran drama de la vida, nos aferramos a nuestros sistemas filosóficos como si fueran líneas argumentales que guían nuestra existencia. Pero cuando la tragedia de la muerte se cierne sobre nosotros, ¿cómo podemos reconciliar la trama de la filosofía con los giros inesperados de la realidad?

En la comedia de nuestras vidas, a menudo abrazamos creencias que nos enseñan a abrazar la alegría y disfrutar de los placeres terrenales mientras desafiamos al temor a la muerte. No obstante, cuando la muerte reclama a quienes amamos, nuestras convicciones filosóficas se desvanecen como líneas de diálogo en un escenario en silencio. Nos encontramos en un acto desconcertante, donde las palabras y las ideas no pueden consolarnos ante la brutalidad de la realidad.

La elección del ataúd se convierte en un símbolo de esta lucha interna. Aunque había desestimado la importancia de los aspectos materiales de la muerte, ahora me doy cuenta de que el proceso de duelo va más allá de las creencias filosóficas. Recorrer la sala de exhibición llena de ataúdes de diferentes estilos y materiales se siente absurdo. Cada elección parece una traición, una forma de aceptar que mi madre realmente se ha ido. Al final, selecciono uno que creo que le hubiera gustado, de color blanco, aunque esa elección me atormenta con la sensación de que nunca más podrá disfrutarlo.

Las decisiones relacionadas con la ceremonia y la ubicación del funeral se vuelven igualmente confusas y emocionalmente cargadas para mí. En este proceso, me encuentro enfrentando no solo el dolor abrumador de la pérdida, sino también las opiniones y deseos de familiares que, en su egoísmo, parecen creer que tienen derecho a influir en cómo se conmemora a mi ser querido.

En medio de la tristeza y la confusión, me pregunto cómo es posible que algunos consideren esta ceremonia como una oportunidad para satisfacer sus propias necesidades, sus propios deseos, en lugar de honrar genuinamente la memoria de la persona que se ha ido. A medida que navego por opiniones que a mí no me interesan, intento mantenerme fiel a lo que sé que mi madre hubiese hecho. Quiero que esta ceremonia sea un tributo sincero, un espacio donde podamos recordar y celebrar su vida, sin que las agendas egoístas de otros se interpongan en el camino. Cada detalle se convierte en un recordatorio agudo de que mi madre ya no estará presente para experimentarlo.

El día del funeral emerge con una solemnidad implacable, un manto de sombras que se extiende sobre mi corazón roto. A pesar de la multitud de amigos y familiares que se congregan para despedir a mi madre, me siento como un náufrago en un océano de lágrimas, ahogándome en un abismo de soledad. La ceremonia se despliega como un huracán devastador, y las palabras pronunciadas por aquellos que compartieron su amor con mi madre me atraviesan como espinas envenenadas. Cada palabra es como un golpe directo al centro de mi alma, martillando implacablemente el clavo de la pérdida. Mis ojos se llenan de lágrimas que amenazan con inundar el mundo a mi alrededor. Observo impotente mientras el ataúd de mi madre desciende con una lentitud agonizante hacia la tierra, un acto que parece marcar el fin de toda esperanza y alegría en mi vida. La sensación de finalidad que se apodera de mí es una losa de plomo que cae inexorablemente sobre mis hombros.

Mi madre se ha desvanecido en la eternidad, y esta ceremonia funeraria, en lugar de consolarme, me sumerge en una realidad aún más cruel. El mundo se convierte en un lugar más oscuro, más frío, y una profunda desesperación me envuelve, como un abismo sin fondo que amenaza con engullirme.

3

PERDIDO

—¿Estás aquí?

—Sí, estoy aquí. —respondo con voz temblorosa mientras mi mirada se encuentra con la de Violeta, con una expresión perdida y desencajada—. Perdón, me distraje un momento observando las gotas de lluvia que se ven tras la ventana de tu consultorio. Es curioso cómo la lluvia puede crear un ambiente tan tranquilo y a la vez nostálgico.

Violeta asiente con comprensión, pero su mirada refleja cierta preocupación. —Sí, la lluvia tiene ese efecto en muchas personas. A veces, es como si lavara nuestras preocupaciones y nos permitiera contemplar nuestras emociones más profundas —asiento con un gesto apático, pero mi mente parece lejos—. Me estoy muriendo lentamente, no sabía que perder al amor de mi vida, doliera en cada fibra de mi patético cuerpo. Violeta, no sé si la lluvia lavará estas preocupaciones o si solo me llevará más cerca del abismo. Cada día es un tormento, y no veo un final a esta agonía —cada vez que llego a la puerta de mi terapeuta, siento que estoy desperdiciando mi dinero, que las palabras no pueden arreglar lo que está tan irremediablemente roto—. Me siento perdido, y no hay brújula, ni mapa, ni siquiera una señal que me indique dónde debo ir desde aquí —mi voz tiembla con un eco de desesperación que llena la habitación.

Violeta me observa con una comprensión profunda en sus ojos.

—Evan, estás pasando por un duelo, y el proceso es abrumador. No hay una solución mágica para el dolor que sientes. La terapia no es una varita mágica que lo arreglará todo de inmediato, pero estoy aquí para ayudarte a navegar por este oscuro abismo en el que te encuentras. Aunque no lo creas en este momento, hay esperanza en el horizonte, incluso si no puedes verlo ahora.

—No sé si la lluvia lava algo más que mi ropa cuando salgo de aquí. ¿Por qué estamos haciendo esto, Violeta? No puedo evitar pensar que estas sesiones no sirven para nada. Estoy perdido en un mar de tristeza y todas estas palabras son solo un intento inútil de sacarme de ahí —mi voz suena amarga, como si cada palabra fuera una flecha lanzada hacia el mundo.

Violeta no se inmuta ante mi tono desagradable.
—Entiendo que te sientas así. No puedo pretender tener todas las respuestas, pero estoy aquí. La terapia no es un camino recto y rápido, a veces es un viaje complicado. Si no estamos viendo el progreso que esperas, hablemos de eso. Estoy aquí para escucharte, incluso si lo que tienes para decir es difícil.

El cinismo nubla mis palabras cuando respondo:
—Hablemos, entonces. Hablemos sobre por qué estoy gastando mi tiempo y dinero en esto. Hablemos sobre por qué debería importarme encontrar una salida a este agujero negro en el que me encuentro. ¿Hay alguna razón real para seguir adelante? —cada palabra que pronuncio lleva consigo el peso de mi desesperanza, como si mi alma se estuviera desmoronando.

Violeta se toma un momento antes de responder, su expresión compasiva sin titubear.

—Hay razones, Evan. Razones para seguir adelante, incluso cuando parece que estás atrapado en la oscuridad. A veces, estas razones son difíciles de ver, y eso es completamente comprensible. Pero si no intentas buscarlas, nunca tendrás la oportunidad de encontrar la luz al final del túnel. Tal vez no lo creas en este momento, pero tienes mucho por delante. Tienes la capacidad de sanar, de aprender a vivir de nuevo y, eventualmente, encontrar alegría y sentido en tu vida.

—No sé si puedo creer eso. No sé si alguna vez podré encontrar algo que reemplace el vacío que siento ahora —mi voz es apenas un susurro, pero lleva la carga de mis miedos más profundos.

—Eso es normal sentirte así en este momento. Lo que sientes es real, y está bien sentirlo. Pero también es importante recordar que la vida es impredecible, y el tiempo puede traer cambios que ni siquiera podemos imaginar ahora. Si estás dispuesto a dar un paso adelante, incluso cuando sientas que estás tropezando en la oscuridad, existe la posibilidad de que algún día encuentres algo valioso. ¿No vale la pena intentarlo, aunque sea un poco?

Mis ojos encuentran los suyos, pero no puedo evitar que se llenen de lágrimas.

—No sé, Violeta. En este momento, todo parece tan lejano e inalcanzable. Es difícil creer que hay algo más allá de este abismo que me rodea.

—Esto, Evan, es un duelo fundamental en la vida. Tú no eres un recién llegado al sufrimiento; eres alguien que ha explorado las profundidades del dolor y la intensidad emocional. Como persona Border, sé que esta experiencia debe ser excepcionalmente difícil para ti. Permíteme darte un ejemplo: hace unos meses, el dolor que sentías por Alex era abrumador, pero lo superaste. Ahora, enfrentas un tipo de dolor completamente diferente.

—Eso es un chiste comparado con esto, no tienes ni idea de la diferencia. Todo es ridículo en esta situación.

Violeta suspira y asiente con empatía.

—Sé que cada dolor que experimentas es único y que, en este momento, parece insuperable. No estoy tratando de minimizar lo que sientes. Estoy tratando de decirte que has enfrentado dificultades antes, y aunque esta sea una de las experiencias más desafiantes de tu vida, eso no significa que no tienes la fuerza para sobrellevarlo. Te has demostrado a ti mismo que eres capaz de afrontar el dolor y la adversidad de maneras que ni tú mismo creías posibles. Lo que estoy tratando de decirte es que has sobrevivido a experiencias dolorosas antes, y a pesar de la intensidad de lo que sientes en este momento, tienes la resiliencia para enfrentarlo. El dolor puede ser devastador, pero también puede ser una oportunidad para crecer, para descubrir más sobre ti mismo y encontrar formas de sanar —Violeta se inclina hacia mí y continúa—. No te culpo por sentirte de esta manera. Tu dolor es real y comprensible. Pero quiero que sepas que estoy aquí para apoyarte en el proceso de duelo. Puede ser un viaje largo y difícil, pero si estás dispuesto a continuar, podemos trabajar juntos para encontrar una forma de avanzar.

Miro a Violeta con mis ojos cansados. Mi voz tiembla, pero está llena de una urgencia que no había mostrado antes.

—Violeta, no puedo seguir aquí, en esta ciudad, en esta universidad. Cada día se vuelve más insoportable, y no sé si alguna vez podré superar el dolor. He perdido a la persona que más amaba, mi madre se ha ido, y cada día es una lucha para levantarme de la cama. Quiero irme de esta ciudad, de este lugar lleno de recuerdos dolorosos, y comenzar en otro sitio donde pueda dejar atrás todo esto.

Violeta, en un tono más firme de lo habitual, le responde:

—Evan, entiendo que estés pasando por un momento extremadamente difícil, pero irte de la ciudad no resolverá tus problemas. Huir del dolor y los recuerdos puede parecer tentador, pero sólo pospondrá el proceso de duelo. Has trabajado duro en tus terapias, en aprender a aceptar radicalmente las emociones, incluso las más dolorosas. Dejar la universidad y la ciudad sería evitar enfrentar todo lo que hemos trabajado juntos. La mente sabia no busca escapar del sufrimiento, sino aprender a lidiar con él, a comprenderlo y, finalmente, a sanar.

—Entiendo lo que dices, pero la aceptación radical a veces se siente como un truco de palabras. No estoy seguro de que pueda soportar más terapias y «aprender a aceptar». Todo esto me está asfixiando, y necesito un respiro, un cambio. Esta ciudad está llena de fantasmas que me persiguen. Si no puedo escapar de ellos, ¿cómo puedo sanar?

—Te entiendo, pero recuerda que escapar no significa sanar. Aceptar las emociones no es un truco; es una forma de permitirte sentir y, con el tiempo, liberar el sufrimiento. Te has esforzado mucho, y sé que estás exhausto, pero rendirte ahora no es la respuesta. A veces, la resistencia al dolor prolonga el sufrimiento. Necesitas continuar trabajando en ti mismo, incluso cuando se sienta abrumador.

—Nada me hace sentir vivo aquí, lo que siempre soñé ser se ha vuelto nada, ni el doctorado que tanto me costó, me hace sentir útil. Me iré a algún lugar a ser fotógrafo un tiempo a ver qué demonios me brinda estar lejos de esta jodida ciudad.

—Evan, comprendo tu deseo de alejarte de todo, pero tomar una decisión tan drástica en este estado emocional podría no ser lo mejor. Huir de tu entorno actual no resolverá el dolor que sientes. La aceptación y el crecimiento personal toman tiempo. ¿Estás seguro de que ir a quién sabe dónde es la respuesta?

—Necesito un descanso de todo esto. Estar lejos de aquí, en un lugar donde pueda encontrar paz, lejos de los fantasmas y recuerdos que me atormentan. Si no lo intento, nunca sabré si puede ayudarme a sanar.

—La paz no está en un lugar, está en ti, créeme. Puedes irte lejos e igual estarás perturbado por el caos en tu mente. La paz es una búsqueda interna, no un refugio geográfico. Epicuro solía decir que el placer y la ausencia de dolor son los estados naturales que debemos buscar. No importa a dónde vayas, cargarás contigo tus pensamientos y emociones. En lugar de huir, es importante explorar y comprender tus temores y dolor aquí y ahora. El jardín de la tranquilidad no está en otro lugar, sino en tu propia mente.

Las palabras de Violeta resuenan en mi cabeza mientras me sumerjo en mis pensamientos. ¿Es realmente posible encontrar la paz dentro de mí mismo, incluso cuando todo a mi alrededor se siente como una tormenta incesante? La filosofía de Epicuro suena atractiva, pero me parece una meta tan distante. Aquí estoy, atrapado en una encrucijada. ¿Debería tomar el riesgo de irme, escapar de mis penas y esperar encontrar respuestas en algún rincón remoto? O debería enfrentar mis demonios internos y aprender a vivir con ellos?

La reflexión se rompe abruptamente con el sonido estridente de la alarma de mi clase. La realidad me arranca de mis pensamientos. Rápidamente, me levanto de la silla, empaco mis cosas y corro hacia el Campus, sin respuestas claras pero con una determinación creciente de que el viaje es un camino diferente, de todo el dolor que he vivido. Aunque no sé a dónde me llevará, estoy dispuesto a explorar cada recoveco de mi mente en busca de la calma.

Mientras imparto la clase sobre el amor en la antigua Grecia, noto la quietud en los ojos de la señorita Suarez, una de mis alumnas. A sus 21 años, su mirada revela emociones profundas, y aunque no dice nada, su rostro está lleno de lágrimas que apenas se contienen. Comprendo que está experimentando el dolor del amor, ese sentimiento que puede hacernos sentir tan vulnerables y perdidos, especialmente a su edad.

—¿Está bien, señorita Suarez? —pregunto con preocupación.

—Sí, profesor, solo que hoy me siento un poco melancólica —responde, sus ojos aún vidriosos de emociones mal resueltas.

Sigo con mi clase sobre «El Amor a lo Largo de la Filosofía». Comienzo hablando de los antiguos griegos y su profunda concepción del amor. Platón y su noción de que el amor, o Eros, es la búsqueda de la verdad y la belleza a través del amor apasionado, y Aristóteles con su visión del amor Ágape, un amor desinteresado y preocupado por el bienestar de los demás, captan la atención de mis estudiantes.

Pero decido compartir una hermosa historia de amor de la antigua Grecia que ejemplifica la profundidad y complejidad del amor humano. Les hablo de Orfeo, el músico y poeta cuya música tiene el poder de encantar incluso a las bestias salvajes. Su amor más grande, sin embargo, es por Eurídice, una hermosa ninfa a la que ha amado desde la infancia. La historia de Orfeo y Eurídice es un relato de amor y pérdida. Cuando Eurídice muere de una mordedura de serpiente, el corazón de Orfeo se rompe. Su amor por ella es tan profundo que no puede aceptar su muerte. Decide emprender un viaje a los infiernos, el reino de Hades, para rogar al dios de los muertos que le permita traer de vuelta a su amada.

Con su lira en mano, Orfeo desciende a los oscuros dominios de Hades y Perséfone. Su música conmueve los corazones de los dioses del inframundo, quienes acceden a su súplica con una condición: Orfeo debe guiar a Eurídice de regreso a la tierra sin mirar atrás hasta que ambos estén a salvo. Tristemente, la historia de Orfeo y Eurídice no tiene un final feliz. A medida que ascienden por el oscuro pasaje que los llevaría de vuelta al mundo de los vivos, Orfeo, abrumado por la ansiedad y la duda, no puede resistir la tentación de mirar hacia atrás para asegurarse de que Eurídice lo sigue.

En ese mismo momento, Eurídice desaparece de su vista y regresa al reino de los muertos, esta vez de manera definitiva. Mientras comparto esta historia con mis estudiantes, no puedo evitar notar que la señorita Suarez escucha con especial atención, como si la tragedia de Orfeo y Eurídice tocara una fibra sensible en su propio corazón.

—Profesor, esa historia de Orfeo y Eurídice es

interesante, pero, ¿Realmente vale la pena tanto esfuerzo y sacrificio por el amor? Orfeo descendió al inframundo y, al final, perdió a Eurídice de todas formas. ¿No sería más sensato aceptar la realidad y seguir adelante en lugar de arriesgarlo todo por el amor? —Joan plantea una pregunta valiosa, mientras la señorita Suarez parece aún cautiva por la historia.

—Esa es una pregunta válida, Joan, y es una perspectiva que se ha planteado a lo largo de la historia. El amor es un tema complejo, ¿verdad, señorita Suarez? —le digo, y ella asiente tímidamente.

—Cada persona puede tener una visión diferente de la importancia y el significado del amor. La historia de Orfeo y Eurídice nos desafía a considerar hasta dónde estaríamos dispuestos a llegar por aquellos a quienes amamos. A veces, el amor nos impulsa a hacer cosas que podrían parecer irracionales desde una perspectiva externa. Sin embargo, es importante recordar que el amor puede ser una fuente de fortaleza, y a menudo, las lecciones aprendidas en el camino son tan valiosas como el resultado final —me siento como el profesor más irónico y cínico que existe, mientras imparto temas en clase que me perturban profundamente. Mis palabras fluyen con respuesta para mis estudiantes, pero son vacías cuando intento seguirlas yo mismo. Hablo de la muerte y el amor con tanta facilidad, cuando sé que estas dos emociones son horribles. Ojalá pudiera ser como Orfeo y buscar a mi madre en el reino de los muertos.

—Pero, ¿no podría argumentarse que el amor puede ser una especie de obsesión? —Joan profundiza en su perspectiva. Sus palabras me hacen pensar sobre mi propia experiencia. ¿Era amor o era obsesión? ¿Hasta dónde estaba dispuesto a llegar por Alex? ¿Fui demasiado lejos sin establecer límites claros? Estas preguntas rondan mi mente, sin respuestas definitivas, otra angustia que pasa por mi cabeza como un pantallaso.

—Esa es una perspectiva diferente —respondo—. El amor puede ser una fuerza poderosa y, a veces, puede nublar nuestro juicio o llevarnos a actuar de manera impulsiva. La pregunta sobre los límites en el amor es una que ha sido debatida durante siglos. Algunos argumentan que es importante establecer límites para mantener el equilibrio y la salud emocional, mientras que otros creen que el amor auténtico a menudo implica sacrificar y trascender esos límites. En última instancia, es una cuestión que cada uno debe reflexionar y decidir por sí mismo.

Mis estudiantes escuchaban con atención, absortos en la historia de este músico y su amor inquebrantable. Podía ver en sus rostros que esta historia antigua había tocado sus corazones, como lo había hecho con generaciones de personas a lo largo de la historia.

Continué la clase a través de las diferentes corrientes filosóficas, instándolos a reflexionar sobre sus propias experiencias amorosas. Hablé sobre el existencialismo de Sartre y De Beauvoir, que enfatiza la libertad y la responsabilidad en el amor.

Al final de la clase, les recordé que el amor es un tema complejo y que a través de la filosofía podemos entendernos a nosotros mismos y a los demás en un nivel más profundo. Mis palabras resonaron en la sala, recordándome a mí mismo que, a pesar de los desafíos y las dudas, el amor y el conocimiento tienen el poder de inspirarnos y hacernos reflexionar sobre la esencia misma de la vida.

—Gracias, profesor —la señorita Suarez me agradece, y yo le sonrío.

—Para eso debe ser el aula, señorita Suarez, ayudar a entender un poco el mundo.

Quedé con mi amiga Nube en tomar un café esta tarde, creo que me vendría bien hablar de todo menos de mi vida. Espero que Nube también esté dispuesta a charlar sobre otros temas.

—¡Hola! —saludo alegremente cuando Nube llega al café.

Ella sonríe y se acomoda en la silla frente a mí.

—¡Hola! —responde—. Estoy emocionada de verte. ¿Cómo has estado?

La conversación comienza de manera ligera, como si ambos hubiéramos acordado tácitamente no profundizar en nuestras vidas personales en ese momento. Hablamos sobre películas, música, viajes y otros temas que nos apasionan. Es un alivio sentir que podemos disfrutar de la compañía del otro sin la presión de hablar sobre preocupaciones personales.

Nube me hace la pregunta sobre mi clase, y aunque estaba disfrutando de nuestra conversación despreocupada hasta ese momento, sé que su interés me llevará a hablar sobre un tema que no estaba deseando abordar.

—Bueno, la clase estuvo bien —respondo con una sonrisa un poco forzada—. Hablamos sobre varios temas, pero, ya sabes, no quiero aburrirte con detalles académicos.

Nube inclina la cabeza con curiosidad, mostrando su interés.

—No me aburrirás en absoluto —dice—. Siempre me interesa lo que enseñas en clase. Cuéntame, ¿de qué se trató?

—Sobre la filosofía del amor —digo.

Nube asiente, con una chispa de interés en sus ojos.

—¿La filosofía del amor? Tú hablando de amor, pensé que ya no querías saber sobre el amor desde que… —exclama—.

—¿Qué qué.. desde que él se fue y terminó con nuestro amor?

Nube parece sorprendida por mi respuesta y la interrupción de su propia frase. Suspira profundamente y asiente.

—Sí, exactamente, desde que él se fue. Sabes que estoy aquí para ti si alguna vez quieres hablar de eso, ¿verdad?

—Algo académico, no tiene que mezclarse con nada personal.

—Pero desde que terminó no has querido hablar del tema, ha pasado ya un año, y sigues sin decirme nada, ni a nadie, como si tu voz se hubiese ido con él, ya no sales, te siento extraño, te siento pérdido. Y sin contar lo de tu madre. Estás cargando con mucho, hablar es parte de lo que nos mantiene cuerdo a los seres humanos.

Nube mira profundamente a mis ojos, su expresión refleja preocupación. En este momento, no puedo evitar preguntarme si su interés por mi bienestar es puramente amistoso o si también se mezcla con una pizca de lástima.

—Estoy pensando en dejar la ciudad, la universidad, pedir una licencia para buscar algo que le dé sentido a mi vida —confieso, sintiendo que tal vez ha llegado el momento de compartir lo que he estado guardando durante tanto tiempo. El dolor me está asfixiando, y mi mente parece colapsar bajo su peso.

Nube, sin embargo, reacciona con un tono de voz iracundo que me toma por sorpresa.

—¡Cómo vas a dejar tu cátedra! —exclamó con frustración—. Tal vez deberías tomarte un tiempo, irte de vacaciones, practicar yoga, o incluso planear un viaje a las Maldivas, ¡pero dejarlo todo es demasiado drástico!

—Las palabras de Nube me golpean como una ola de emociones encontradas. Su preocupación es evidente, pero también puedo sentir la frustración y el enojo en su tono de voz. Me doy cuenta de que mi idea de alejarme de mi vida académica ha desencadenado una reacción intensa en ella.

—Lo siento, pero es lo que hay, es lo que quiero —le digo con voz apaciguadora—. Entiendo tu punto de vista. Mi trabajo es importante, y aprecio mucho mi cátedra, pero me siento atrapado en un punto en el que necesito encontrar un nuevo sentido en mi vida. No sé cuánto tiempo tomará, pero siento que necesito hacerlo para recuperarme.

Nube exhala profundamente, como si estuviera tratando de controlar su enojo, pero su preocupación es innegable.

—Lo entiendo, pero ¿has pensado en hablar con alguien sobre todo esto? Tu terapeuta, tal vez. Dejarlo todo atrás es una decisión drástica, y no quiero verte tomar una decisión impulsiva que lamentes más tarde.

Mi determinación para dejar atrás mi vida académica es firme, y le explico a Nube.

—Estoy seguro de que esto es lo que quiero hacer. Aplicaré para una plaza de fotógrafo en la Revista Explorer y me dedicaré a tomar fotografías de la naturaleza, justo hace una semana mandé un catálogo de mis fotos que tomé en Playa del Carmen, y por ahora solo espero la respuesta de ellos. Ya solicite una licencia al departamento, ya escribí al instituto donde soy investigador, a la editorial, no artículos. Siento que es lo que le vendrá bien a mi vida en este momento, una especie de renacimiento.

Nube parece aún más preocupada y desaprueba firmemente mi idea.

—Comprendo que estés pasando por un momento difícil, pero abandonar tu cátedra y tu carrera en la universidad es una decisión enorme, y no estoy segura de que sea la solución. ¿Para qué estudiar un Doctorado en Historia Intelectual en Oxford?, invertir tantas horas en la evolución de las culturas a través del arte, artículos publicados, libros, tan joven y tan importante, ¿dejarlo todo? —dice, sus palabras resonando con un tono de incredulidad.

Las palabras de Nube me hacen recordar las largas noches en Oxford mientras completaba mi Doctorado en Historia Intelectual. Fueron tiempos de intenso estudio y dedicación, y ahora, enfrentar la idea de abandonar mi carrera académica me llena de dudas.

—Sé que invertí mucho esfuerzo y tiempo en mi Doctorado en Oxford —admito con pesar—. Fueron años de dedicación y trasnochadas para completar mi tesis. Pero la fotografía es mi pasión, Nube, y siento que es hora de perseguir eso que realmente me llena de vida. Quizás no tenga que abandonar por completo mi formación académica, pero necesito este cambio radical.

Nube parece comprender la profundidad de mi deseo, pero aún muestra preocupación en sus ojos.

—Entiendo que la fotografía te apasione, pero solo quiero asegurarme de que estás tomando una decisión bien pensada y que estás preparado para los desafíos que vendrán. Estoy aquí para apoyarte en lo que decidas.

Al llegar a casa por la noche, me sumergí en la rutina de revisar mi correo electrónico. Entre los mensajes habituales de trabajo y la correspondencia diaria, descubrí un correo que inmediatamente captó mi atención. Era de un prestigioso grant de la revista «Explorer», una oportunidad que se presentaba ante mí como un oasis en medio del desierto de mi rutina diaria. Las palabras en el correo me informaron sobre la posibilidad de colaborar en un emocionante proyecto fotográfico en el inmenso y misterioso desierto. Leí detenidamente los detalles del proyecto. Mientras absorbía cada palabra, mi corazón comenzó a latir con una mezcla de emoción. No podía evitar que una sonrisa se dibujara en mi rostro ante la idea de que mis fotografías podrían contar historias únicas y capturar la inigualable belleza del desierto.

«Estimado Evan Asser,

Espero que este mensaje le encuentre en excelente estado de salud y ánimo. Quería compartir con usted una emocionante noticia que sin duda será un hito en su carrera.

Nos complace informarle que ha sido seleccionado como

el ganador del Grant «Desierto» de la revista Explorer. Su propuesta para crear un catálogo fotográfico en el vasto y enigmático desierto ha impresionado a nuestro equipo de revisión y creemos que su visión y talento son la elección perfecta para este proyecto.

A continuación, encontrará todos los detalles del proyecto:

Este proyecto tiene como objetivo explorar y documentar la asombrosa belleza del desierto en todas sus facetas, desde los paisajes más impresionantes hasta la rica cultura que lo habita. Su labor consistirá en capturar la esencia única de este entorno y presentarlo de manera artística y conmovedora.

El proyecto está programado para tener una duración de seis meses, durante los cuales se espera que realice viajes y exploraciones en el desierto para crear su catálogo fotográfico.

La revista Explorer proporcionará los recursos necesarios para llevar a cabo su proyecto, incluyendo financiamiento para viajes, alojamiento y equipo fotográfico de última generación. También le asignaremos un equipo de apoyo que lo asistirá en la logística y coordinación.

Su proyecto comenzará desde el primer día del siguiente mes, y desde ese momento estará bajo la guía de nuestro equipo editorial.

La fecha de entrega programada para su catálogo fotográfico es el 31 de diciembre del presente año, y se llevará a cabo una exposición de sus obras en nuestra sede principal. Este es un logro significativo, y estamos emocionados por la oportunidad de colaborar con usted en este proyecto único. Esperamos que este sea un viaje de descubrimiento y creatividad, y confiamos en que su trabajo enriquecerá la experiencia de nuestros lectores.

Por favor, tómese el tiempo que necesite para revisar esta información y, si está de acuerdo con los términos y condiciones, estaremos encantados de dar inicio a este emocionante proyecto.

Esperamos con interés su respuesta y, una vez más, felicitaciones por ser seleccionado como el ganador del Grant «Desierto» de la revista Explorer.

Atentamente,

Yuseth Endy
Revista Explorer»

La decisión estaba ante mí, y aunque sabía que implicaría desafíos y un tiempo lejos de casa, no podía resistirme a esta oportunidad. Respondí al correo con entusiasmo y anticipación, sintiendo que mi vida estaba a punto de tomar un giro inesperado y emocionante en medio de las dunas y el silencio del desierto.

Los nuevos comienzos nunca son malos; siempre son la puerta a algo inesperado. En cada inicio, yace la promesa de un viaje lleno de posibilidades, donde los sueños pueden florecer y los corazones pueden encontrar su verdadero rumbo. Aunque el desconocido pueda ser aterrador, también es donde aguardan las mayores recompensas, los momentos más preciados y los tesoros que aún no hemos descubierto. Así que, en cada nuevo comienzo, recordemos que el mañana nos espera con los brazos abiertos y la promesa de un futuro brillante.

4

Hallazgo

La luz del sol se filtraba a través de las cortinas, pintando rayos dorados en mi habitación. Era temprano por la mañana, y el aire estaba lleno de expectativas. Me levanté de la cama con un sentido de emoción que había estado anhelando durante mucho tiempo. Había llegado el día de mi partida, el día en que emprendería un viaje que cambiaría mi vida para siempre. Eso es lo que pasa por mi cabeza, cada vez que comienzo un nuevo viaje. La adrenalina de adentrarme en lo desconocido siempre ha sido un gran reto para mí.

Vestí mi ropa de viaje, una mezcla de prendas cómodas y resistentes que me servirían en cualquier situación. Miré a mi alrededor, despidiéndome silenciosamente de la habitación que había sido mi refugio durante tanto tiempo. Sabía que este viaje marcaría un antes y un después en mi vida, pero, ¿estaba listo para el desafío?

Desciendo las escaleras y encuentro un desayuno preparado por Nube. Nos sentamos a la mesa, y mientras disfrutamos de nuestras últimas conversaciones cotidianas, siento la necesidad de expresar mi gratitud.

—Nube, no sé qué habría hecho sin ti en estos momentos

tan importantes de mi vida —le digo con sinceridad.

Ella me sonríe y coloca su mano sobre la mía.

—Evan, siempre estaré aquí para ti, sin importar dónde te lleve la vida —susurra Nube con voz dulce y un brillo de lágrimas en sus ojos. Toma mi mano con ternura, como si estuviera aferrándose a un recuerdo querido que nunca quisiera soltar.

—Siempre serás parte de mi familia, y tu lugar en mi corazón brillará como una estrella en la noche más oscura, guiándote en este viaje y en todos los que vendrán —añade, su voz quebrándose ligeramente, como una melodía entrecortada por la emoción.

Mientras espero a abordar mi avión, me sumerjo en un mundo de emociones que se reflejan en los ojos de los demás pasajeros. Veo a jóvenes con miradas melancólicas, llevando consigo sueños y anhelos. Observó a ancianos cuyos ojos irradian una serena aceptación de la vida. A los adultos, atrapados en la rutina y el estrés, cuyos ojos revelan la carga de responsabilidades y desafíos diarios.

Cada par de ojos cuenta una historia única, una narrativa de las alegrías y las tristezas, los logros y los fracasos que componen la complejidad de la existencia humana. En ese momento de espera, me siento conectado con la humanidad a través de la ventana de sus almas, recordando que todos llevamos nuestras propias cargas y sueños en este viaje llamado vida.

En la sala de espera del abordaje, mientras mis pensamientos se perdían en las historias reflejadas en los ojos de los demás pasajeros, un escalofrío recorrió mi espalda cuando vi a alguien que nunca esperé encontrar aquí. Era Alex, parado no muy lejos de mí, es raro que lo veo solo, sin su nuevo trofeo, que diga pareja.

No habíamos cruzado palabras desde entonces, y aquí estábamos, enfrentándonos nuevamente en un lugar tan inesperado.

Mi corazón latió con fuerza mientras nuestros ojos se encontraron brevemente. Pude ver en su mirada una mezcla de sorpresa y evasión, como si también estuviera tratando de procesar este encuentro sorpresa.

En ese momento, me encontré atrapado entre una mezcla de emociones: el deseo de evitar el conflicto y, al mismo tiempo, la curiosidad por saber cómo había cambiado la vida de Alex desde que nos separamos. ¿Nos atreveremos a cruzar palabras y abordar el pasado que habíamos dejado atrás? El futuro de nuestro encuentro en la sala de espera del abordaje permanecía incierto.

Se acercó lentamente, sus ojos nunca abandonaron los míos. Cada paso parecía una eternidad, y en ese breve momento de acercamiento, pude sentir la tensión en el aire. El sonido del murmullo de los otros pasajeros a mi alrededor se desvaneció mientras nuestros caminos convergían.

—Evan, hace mucho tiempo que no nos vemos —dice Alex con cautela.

Mi corazón late con fuerza, y la ansiedad se apodera de mí.

—Sí, Alex, ha pasado mucho tiempo —respondo, mi voz cargada de indiferencia.

Alex mira a su alrededor, como si estuviera buscando una vía de escape.

—¿Qué te trae por aquí? ¿Una conferencia o quizá vacaciones? —pregunta, tratando de mantener la distancia.

—Nada en especial. —contesté, tratando de ocultar la tensión en mi voz.

Alex parece intrigado.

—Bueno, el mundo es un pañuelo, dicen. Supongo que los dos seguimos adelante con nuestras vidas —puedo sentir la hostilidad en sus palabras.

Este encuentro es incómodo, y mientras el pasado y el presente chocan de manera inesperada, me doy cuenta de que el futuro es incierto. Estamos atrapados en un momento en el que las palabras parecen insuficientes para abordar lo que quedó pendiente entre nosotros. La única certeza en este momento tenso es que ambos hemos cambiado, y nuestras vidas han tomado rumbos diferentes.

—¿Recuerdas cuando me engañaste? ¿Recuerdas tus dramas? ¿Tus mentiras? —dice con un tono de burla. Sabe que esas preguntas me irritan, cierro los ojos al responder, mientras cruzo mis manos para tratar de mantener la calma.

—Alex, no creo que sea el momento ni el lugar para hablar de esto —con voz calmada digo.

—¿Tienes miedo de enfrentar la verdad, Evan? ¿O tal vez solo quieres olvidar tus propios errores? —con una risa sarcástica

Respirando profundamente, pienso cuidadosamente en cada palabra que saldrá de mi boca.

—¿Mentiras? —digo con firmeza, enfrentando a Alex—. ¿Acaso olvidaste todas las veces que me engañaste con medio mundo? ¿La relación que contrajiste al día siguiente de dejarnos? ¿Los cinco años de sufrimiento y tus interminables excusas por cada dolor que me causaste? Aquella miserable relación que yo llamaba amor.

—¿Dónde está tu trofeo?, disculpa, ¿tu novio? —sonrio mientras lo digo.

—Ese no es tu problema.

—Ya deben estar mal, porque es tu modus operandi: vendes alegrías y te escondes en los momentos difíciles.

La tensión en el aire es palpable mientras mis palabras cortan a través de la fachada de Alex, exponiendo su pasado de traición y engaño. Aunque mi voz tiembla ligeramente, estoy decidido a hacerle frente a la verdad y no permitir que me acuse de cosas que no ocurrieron.

El tono de nuestra conversación se vuelve más áspero, pero me niego a caer en su juego. Estoy decidido a mantener la calma y no dejar que las provocaciones de Alex me afecten en este momento tenso.

Continuo defendiéndome, consciente de que necesito expresar mi verdad.

—No puedes borrar el pasado, Alex. Tuvimos una relación altamente tóxica en la que ambos cometimos errores, pero eso no justifica tus acciones. No hay excusas para el dolor que me causaste. Y aunque haya decidido seguir adelante y enfocarme en mi vida, eso no significa que haya olvidado lo que pasó —mientras digo esto, un recuerdo de nosotros cantando en mi habitación se cuela en mi mente, como si de todo esto emanara dolor y amor al mismo tiempo. ¿Es posible odiar y amar tanto a una persona a la vez? ¿Puede detenerse el tiempo cada vez que los domingos por la tarde recuerdo los cafés y las conversaciones llenas de amor, inocencia y un futuro que nunca llegó?

—Tengo que recordar que él que dejó todo fuiste tú, y luego te arrepentiste, como muchas decisiones impulsivas en tu vida. Imagino este viaje, es un ejemplo claro. No me dices a dónde vas. En otra ocasión me habrías dicho con orgullo que era para una conferencia, una presentación de libro o un nuevo trabajo. Apuesto a que esta es otra de tus locuras de aislarte de todo, pensando que tu mundo mejorará. Pero el infierno está en tu mente, Evan, recuérdalo siempre. ¿Quién está solo en este momento? No te das cuenta de que tú eres el problema.

La mezcla de emociones me abruma por un momento, pero me mantengo firme en mi posición, decidido a no dejarme arrastrar por el pasado ni por las provocaciones de Alex.

—Tu interpretación de mi vida y mis decisiones es tuya, Alex. Este viaje es una oportunidad para mí, y no necesito justificarte cada paso que doy. Sí, estoy solo en este momento, pero no me siento solo, lo que es muy diferente a cómo me sentía contigo —la intensidad de la conversación se eleva, y ambos estamos enfrascados en una batalla de palabras. Pero estoy decidido a dejar claro que no permitiré que Alex me culpe por las acciones que él mismo cometió.

Mientras continúa la tensa conversación con Alex, mi mente vuela hacia el pasado, a esa noche en la que lloré como nunca antes. Recuerdo claramente cómo me prometió que después de un viaje él regresaría conmigo, y no cumplió su palabra. Cuando lo llamé y otro contestó, restregándome en la cara que fui una burla, que hice papel de idiota, recuerdo cómo las lágrimas inundaron mi rostro mientras el dolor se apoderaba de todo mi cuerpo. Fue una de las noches más oscuras de mi vida, llena de tristeza, una tristeza que podía tocar con mis manos.

Aquella noche, me vi a mí mismo arrastrándome por la habitación, buscando un poco de piedad en medio del caos que me envolvía. Fue un momento de profunda desesperación que me marcó para siempre, pero también fue el punto de partida para dejar todo atrás. Esa noche me hizo comprender que tenía que seguir adelante, incluso si eso significaba enfrentar no tenerle más en mi vida. Ahora, mientras hablo con Alex, estoy decidido que lo mejor que pude hacer fue salir de ese lugar donde me sentía acabado, derrotado, completamente perdido.

—Alex, sé que nuestra historia pasada fue complicada, y francamente, te deseo lo mejor del universo, pero ya no me interesa hablar contigo, estar cerca, o saber si te va bien —le digo, mientras intento ocultar el amor que aún se desborda por él, como sus labios son tan irresistible, como las ondas que se hace en su cabello negro me vuelve loco, como quisiera estar con él, sin que sea él, como quisiera estar en sus brazos, o sentir esto mismo por alguien más, esta locura que colapsa mi mente, que me hace sentir vivo. Incluso el color oscuro de sus ojos me resulta único.

Alex me mira con desdén, su expresión de superioridad no se esconde en lo más mínimo. Sus palabras caen como una afrenta, pero sé que debo mantener mi distancia y seguir adelante, aunque mi corazón aún lata descontroladamente por él.

—Que bueno saberlo, porque yo también siento lo mismo. Aunque nuestra historia fue complicada, siempre te amaré. Fue la más desafiante, pero también la más inolvidable —responde, mientras toca mi mano, sus palabras llenas de un sentimiento que no puedo ignorar.

Esa revelación me deja sin palabras. A pesar de la tensión y las palabras hirientes que se han cruzado entre nosotros, Alex acaba de decir que me ama. Mi mente se llena de una mezcla de emociones, y por un momento, todo parece detenerse. ¿Dijo «te amo» porque lo siente de verdad? ¿O ya para él esas palabras son como los buenos días, las dice por cortesía? ¿Qué significa esto para nosotros?

El anuncio del abordaje nos interrumpe, y nos damos cuenta de que es hora de continuar con nuestras vidas, cada uno por su lado. Mientras avanzo hacia el avión, siento un nudo en el estómago, como si el desagrado y el mal sabor de esta incómoda conversación se hubieran instalado en mi interior.

El avión se eleva y mi mente se hunde en el abismo de la reflexión sobre la impermanencia. En este mundo caótico y fugaz, las relaciones humanas son como chispas efímeras que se encienden y se apagan en la oscuridad de la existencia. La conversación con Alex y nuestro inesperado encuentro me han recordado la amarga verdad de que todo en la vida es transitorio. Observo cómo las personas y lugares que una vez fueron fundamentales en nuestras vidas se desvanecen como sombras en la noche. Los momentos de felicidad y sufrimiento se convierten en meros recuerdos, arrastrados por la corriente del tiempo. Y en medio de todo esto, nos aferramos a la idea de que lo que tenemos es eterno, solo para descubrir que es una ilusión desgarradora.

El desierto al que me dirijo se asemeja a la vida misma: un vasto y desolado recordatorio de la soledad y la efímera belleza. Las dunas se elevan y caen, las tormentas de arena borran cualquier rastro de existencia previa, y las huellas se desvanecen en la arena como suspiros perdidos en el viento.

En esta travesía hacia lo desconocido, me pregunto si algún día podré encontrar un atisbo de permanencia en un mundo tan volátil. Quizás, en medio de esta desolación, pueda encontrar un significado más profundo y duradero en la impermanencia misma. Un significado que me permita abrazar la belleza efímera de la vida.

Aterricé en el aeropuerto internacional de Santiago de Chile después de un largo vuelo. Mientras caminaba por el aeropuerto, me invadió una oleada de emoción. Estaba en un país nuevo, en una tierra que nunca antes había explorado. Santiago, con su mezcla de modernidad y cultura, fue mi primera impresión de Chile, pero sabía que mi destino real estaba más allá de la ciudad. Desde Santiago, tomé un vuelo interno hacia Calama, la puerta de entrada al Desierto de Atacama. A medida que el avión descendía, pude ver la vasta extensión árida que se extendía ante mí. La emoción creció a medida que me acercaba a mi destino. El paisaje del Desierto de Atacama era una asombrosa sinfonía de colores y texturas que nunca antes había experimentado.

Ante mí se extendía un vasto y aparentemente interminable mar de arena y roca. El suelo era de un tono dorado suave, iluminado por los últimos rayos del sol de la tarde. A medida que me adentraba en el desierto, la arena se tornaba más fina y suelta bajo mis pies, creando un suave crujido con cada paso que daba.

Una vez en Calama, abordé un taxi que me llevó a través de paisajes desérticos hasta llegar al Pueblo de San Pedro de Atacama. Me acercaba al pueblo, los colores dorados y rojizos del desierto se volvían más prominentes, creando un contraste impresionante con el cielo azul claro.

San Pedro de Atacama, un pueblo pintoresco y acogedor, estaba rodeado de colinas y montañas que parecían esculpidas por la erosión del viento y la arena a lo largo de milenios. El pueblo en sí estaba lleno de vida y cultura, con sus calles empedradas y sus casas de adobe. A la vez que me adentro en el desierto, no puedo evitar que mi mente divague hacia la historia del famoso escritor, Antoine de Saint-Exupéry.

Aunque mi viaje aquí tiene un propósito diferente al suyo, siento una extraña conexión con su experiencia en el desierto. Un piloto audaz, sobrevolando vastas extensiones de desierto en su frágil avión, cumpliendo misiones de correo aéreo. Este no era un viaje de turismo, sino una tarea ardua y peligrosa. En una de esas misiones, su avión sufrió una avería, y de repente se encontró varado en medio del implacable Sahara. Durante días, Saint-Exupéry y su copiloto lucharon contra la sed y la desesperación en un paisaje desolado y abrasador. Esta experiencia en el desierto fue un desafío extremo, pero también un período de profunda introspección. En medio de la soledad y el silencio del desierto, Saint-Exupéry encontró una conexión única con la naturaleza y descubrió verdades sobre la fragilidad de la vida humana. A medida que avanzo, me doy cuenta de que este lugar también tiene su propio misterio y belleza. Aunque no enfrento los mismos peligros que Saint-Exupéry, estoy aquí en busca de algo: una nueva perspectiva, un renacimiento, o tal vez respuestas a preguntas que ni siquiera sabía que tenía.

Me pregunto si el desierto tiene algo importante que revelarme en este capítulo de mi vida. Registrándome en un pequeño hotel local, salí a explorar. Caminé por las calles polvorientas, disfrutando de la calma y la paz que solo un lugar como el desierto podía ofrecer. La gente del pueblo era amable, y me sentí como en casa de inmediato.

La mañana avanza y el sol se eleva en el cielo, me espera en un restaurante del poblado la Dra. Margarita Alas, una prestigiosa aracnóloga de la Universidad Nacional de Chile, una experta en la aracnofauna del desierto, me contacté con ella para poder tener este enfoque biológico en mis fotografías, ya que de eso se trata la Revista. La combinación de su experiencia en aracnología y mi pasión por la fotografía prometía una colaboración única.

—Buenos días, Dra. Margarita. Es un placer conocerla —le sonreí con cordialidad, notando la cálida sonrisa que iluminaba su rostro. Sus ojos destellaban con la sabiduría acumulada a lo largo de los años, y su mano se extendió en un gesto amable. El cabello rubio con reflejos plateados resplandecía bajo el brillante sol, y sus rasgos reflejaban la experiencia y la pasión por su trabajo.

—Buenos días, Dr. Evan. La emoción es mutua. —respondió amablemente.

—Llámeme Evan, no es necesario mantener la formalidad.

—Entiendo su perspectiva, Evan. Su título de Doctor en Historia Intelectual siempre será una parte valiosa de su identidad. Yo también obtuve mi doctorado por razones académicas; sin embargo, cada uno de nosotros lleva consigo su propia historia y motivación para obtenerlo —comentó serenamente mientras continuamos nuestra conversación en el restaurante.

Mientras disfrutamos del desayuno, la Dra. Margarita comenzó a compartir una historia. Sus ojos brillaban con entusiasmo mientras hablaba, y su voz tenía un tono cautivador que me atrapó de inmediato.

Me relató cómo, a lo largo de los años, había investigado la flora y fauna únicas que habitan en este árido y aparentemente inhóspito paisaje. Habló de las extraordinarias adaptaciones que han desarrollado las criaturas del desierto para sobrevivir en condiciones tan extremas, desde las plantas que almacenan agua en sus hojas hasta los pequeños insectos que han evolucionado para recolectar rocío como fuente de hidratación.

La Dra. Margarita también compartió anécdotas sobre las expediciones de investigación que había liderado en el pasado, algunas de las cuales la habían llevado a lugares remotos y misteriosos del desierto. Habló de la emoción de descubrir nuevas especies y de cómo cada hallazgo proporcionaba una pieza más al rompecabezas de la ecología del desierto.

A medida que escuchaba su relato, me di cuenta de que el desierto de Atacama era mucho más que arena y rocas; era un mundo vibrante y sorprendente lleno de vida y secretos por descubrir.

—Tu disculpa que te pregunte: ¿Qué te trae por el otro lado del continente?

—Bueno, Doctora, mi historia es un tanto peculiar. Como ya sabe soy Profesor de Historia Intelectual, pero desde que han ocurrido un sin número de eventos importantes en mi vida. Me he sentido un poco perdido y estoy buscando eso que le dé sentido a mi existencia. Decidí embarcarme en este viaje porque siento que aquí encontraré inspiración. Este viaje es una oportunidad para explorar nuevas perspectivas.

La llegada del equipo de la Dra. Margarita interrumpió mi pensamiento, y cuando volví a la realidad, me encontré perdido en su mirada. Sus ojos, detrás de los lentes, parecían espejos que reflejaban algo que no entendía. Por un breve instante, pareció que el tiempo se detuvo, y no escuché nada más a mi alrededor. Fue como si su mirada hubiera capturado mi atención por completo, él me cautivó y me sentí momentáneamente atrapado en un mundo alterno al que estábamos en ese momento.

—Evan, él es Oscar mi asistente aquí en el desierto. Conoce los rincones más bellos de este paraíso, María, Juan, Carlos y Rosa. —introdujo la Dra. Margarita, sacándome de mi ensimismamiento.

—Él es el Dr. Evan está colaborando con nosotros por parte de la Revista Explorer.

—Llamenme solo Evan, gracias doctora por la presentación.

El equipo de la Dra. Margarita me dan una cálida bienvenida, y comenzamos a conversar sobre los detalles del proyecto fotográfico y las ubicaciones que vamos a explorar en el desierto. Cada miembro del equipo comparte su entusiasmo y conocimiento sobre la región. Todos son de aquí, humildes y orgullosos del lugar. A medida que discutimos los planes y las estrategias, me di cuenta de que esta colaboración iba a ser una experiencia de algo.

Luego, la Dra. Margarita sugirió:

—Oscar, ¿por qué no llevas a Evan a ver un poco el desierto y disfrutar de uno de sus impresionantes atardeceres? Será una excelente forma de empezar su experiencia aquí.

Oscar asintió con una sonrisa y me invitó a acompañarlo.

Nos montamos en una antigua Toyota 4Runner gris, ya un modelo bastante viejo, una verdadera veterana del desierto. La pintura gris se había desvanecido con los años, dejando lugar a manchas de óxido y marcas de arañazos por el roce con las rocas. Las llantas todoterreno estaban gastadas. El interior de la camioneta estaba forrado con asientos de vinilo desgastados por el tiempo y el sol. El tablero de instrumentos tenía un aspecto retro, con botones y controles que habían visto mejores días.

—¿Te gusta escuchar música? —pregunta Oscar, su voz llena de curiosidad mientras sus ojos se mantienen en el camino.

—Sí, definitivamente. —respondo.

—¿Qué género te gusta?

—Me encanta explorar diferentes géneros musicales, ¿sabes? Es como tener un abanico de emociones al alcance de tus oídos. Puedo pasar de rock clásico que hace que mi corazón lata con fuerza, a jazz suave que me envuelve en una especie de tranquilidad. Incluso a veces me sumerjo en la música folklórica de diversas regiones del mundo, me encanta sentir la diversidad cultural a través de la música. Y tú, Oscar,

¿tienes algún género musical favorito?

—Opino lo mismo que tú, Evan. La música es tan versátil como las emociones que experimentamos en la vida. Depende del estado de ánimo y la ocasión.

Justo en ese momento, una canción comienza a reproducirse en la radio, y siento que mi corazón se acelera. Es una de esas canciones que te transportan a un lugar donde las emociones son intensas y palpables.

El viento susurraba en el desierto de Atacama mientras la voz de Cami entonaba las palabras de «Simplemente Pasan» de Morat y Cami. El cielo estaba claro, con pocas nubes, creando un telón de fondo mágico para nuestra conversación. Las palabras de la canción sobre encuentros fortuitos y momentos compartidos en un bar, un escenario que parecía lejano en medio de la vastedad del desierto.

Las estrofas de la canción resonaban en el aire mientras continuamos nuestra charla bajo el cielo azul:

«Es otro jueves y al mismo bar
Marcan las once con dos cervezas y ya empezaban a conversar,
Quizá el destino se acuerde de mí
Y en unos años pueda contarles que yo ese día lo convencí,
De bailar conmigo,
Que bailara una de Juan Luis por siempre conmigo
Y emborracharnos por la ciudad con Dios de testigo
Ya quiero decirle»

Mis labios se mueven automáticamente, y comienzo a tararear la melodía suavemente. Cada palabra de la canción parece resonar en mi interior, como si las letras y la música se hubieran fundido en mi. Es como si la canción fuera la banda sonora perfecta para este momento en el desierto, una melodía que captura la magia y la emoción que estoy experimentando.

La música fluye de mis labios, y todo lo demás parece desvanecerse en el fondo. Oscar ya no está aquí, ha desaparecido con el sonido de la música. La brisa acaricia mi rostro a través de la ventana del auto, y cierro los ojos por un momento, dejándome llevar por la melodía y la sensación de libertad que trae consigo.

Y mientras la canción sigue sonando, quedo aún más atónito mientras bajamos una pendiente. El sol, como un titiritero cósmico, se coloca majestuosamente frente a nosotros. Sus rayos dorados bañan el desierto en una luz dorada. Las dunas de arena se transforman en suaves crestas doradas y sombras profundas, como si el desierto estuviera cobrando vida bajo el abrazo del sol. Es un espectáculo deslumbrante. La inmensidad del desierto se despliega ante nosotros, y siento que estamos en un lugar sagrado, un rincón del mundo donde la belleza natural y la soledad se entrelazan en una danza etérea. Mis sentidos están saturados de asombro, y por un instante, me siento en comunión con la vastedad del universo.

El amor llega de pronto, en un momento inesperado, en un segundo de calma, con matices de tormentas.

5

SERENDIPIA

El atardecer en San Pedro de Atacama fue simplemente espectacular. Las montañas y el desierto se tiñeron de tonos rojizos y dorados, creando un paisaje de ensueño que parecía sacado de otro mundo. Saqué mi cámara y comencé a tomar fotografías. Las luces y sombras se entrelazan en cada imagen, creando una atmósfera inolvidable. Era como si el desierto estuviera compartiendo sus secretos más profundos conmigo a través de mi lente, y yo estaba emocionado por lo que estas imágenes revelarían en mi proyecto fotográfico.

A medida que la noche cae, Oscar se detiene en un lugar en el desierto. Nos encontramos en medio de la nada, rodeados por la vastedad del paisaje lunar. Las estrellas comienzan a brillar en el cielo oscuro y despejado, creando un espectáculo celestial que quita el aliento.

Oscar apaga el motor de la camioneta, sumiendo la escena en un profundo silencio. Estamos solos en medio de la inmensidad del desierto. La belleza de la naturaleza en su estado más puro me llena de asombro. Oscar y yo nos quedamos en silencio, contemplando el cielo estrellado.

—¿Qué te trae hasta este pueblo? —pregunta Oscar con curiosidad mientras mira el cielo estrellado.

Me tomo un momento para responder.

—Vine aquí para trabajar en un proyecto fotográfico —respondo—. Pero también necesitaba un cambio de escenario, un respiro de la rutina. Y, en cierto modo, estoy tratando de encontrar algo que siento que he perdido.

—Dejar una ciudad, para un pueblo como este, no suena tan divertido.

—Es cierto, es un cambio bastante radical —concedo—. Pero a veces necesitamos alejarnos de todo para descubrir cosas sobre nosotros mismos.

—¿Y tú a qué te dedicas, aparte de trabajar con la Dra. Margarita? —pregunto, curioso por conocer más sobre él.

—Soy guía turístico de este lugar, no tengo mucha educación formal, más bien aprendí empíricamente. Llevo a los visitantes a explorar el desierto y sus alrededores. No es muy emocionante, pero me permite conocer a personas interesantes como la Dra Margarita. La Dra. me comentó que eres profesor de Historia.

—Sí, soy profesor de Historia Intelectual. Imparto Historia en una universidad.

—Suena complicado.

—¿De qué trata?

—Sí, puede ser un campo complicado pero fascinante. Mi enfoque es la Historia Intelectual, lo que significa que estudio cómo las ideas y el pensamiento humano han evolucionado a lo largo del tiempo. Analizo las obras de filósofos, escritores y pensadores de diferentes épocas para comprender cómo sus ideas han influido en la sociedad y la cultura.

—Sí, es complicado —y comenzamos a reír.

—Un ejemplo podría ser el estudio de la Ilustración en el siglo XVIII. Durante ese período, hubo un florecimiento de nuevas ideas filosóficas y políticas que influyeron en la Revolución Francesa y en la formación de muchas de las democracias modernas. Los pensadores ilustrados como Voltaire, Rousseau y Montesquieu promovieron la razón, la libertad y la igualdad como valores fundamentales. Analizar sus escritos y cómo impactaron en la sociedad de la época es un ejemplo de lo que hago en mi trabajo. ¿Te gusta leer?

—Mucho diría yo.

—Eso es genial. La lectura es una puerta a otros mundos, ¿verdad? —respondo—. A mí también me encanta leer. ¿Tienes algún autor o género literario favorito?

—Me gusta la poesía y temas filosóficos.

—¿Algún autor?

—Me gusta mucho Neruda y Lorca.

—Suena interesante, autores brillantes.

La conversación fluyó mientras el tiempo avanzaba sin que nos diéramos cuenta. El frío del desierto comenzó a hacerse más intenso, y la oscuridad se cernía sobre nosotros. Oscar interrumpió nuestra charla amistosa con una mirada al cielo estrellado y el repentino frío que nos envolvía.

—Creo que es hora de regresar al pueblo. El frío en el desierto puede ser implacable por la noche —dijo Oscar.

Asentí, comprendiendo que era sensato regresar antes de que la temperatura descendiera aún más. Guardamos silencio mientras la camioneta se alejaba de aquel lugar mágico en el desierto, llevándonos de vuelta al pueblo.

Los días continuaron y me tocó trabajar con Oscar, tener su compañía en el Desierto mientras me mostraba lugares para capturar los mejores ángulos y el momento exacto de la salida de los animales. Oscar estaba aprendiendo a utilizar los equipos fotográficos y yo le enseñaba de manera pausada, asegurándome de que captara bien las ideas.

Mientras enfocaba mi lente en una formación rocosa a lo lejos, mi mano rozó la de Oscar sin que lo esperara. Ambos nos miramos sorprendidos, nuestras manos conectadas por un fugaz instante. El calor del desierto pareció intensificarse cuando nuestras miradas se encontraron, y no pudimos evitar soltar risitas nerviosas.

—Creo que la belleza del desierto nos está poniendo nerviosos —comentó Oscar con una sonrisa juguetona en los labios.

Asentí con complicidad, mis mejillas ligeramente sonrojadas por la situación.

—Parece que sí. Pero, sinceramente, no puedo pensar en un lugar mejor para sentir nervios.

Continuamos explorando el desierto, esta vez con nuestras manos apenas rozándose, una conexión sutil pero significativa entre nosotros. Cada foto que tomaba parecía llevar un pedacito de esa conexión, y aunque el sol ardiente seguía brillando sobre nosotros, nada parecía más brillante que la chispa que había surgido entre Oscar y yo en medio de ese vasto y hermoso paisaje.

Las semanas pasan trabajando con Oscar, y lo que comienza como una amistad se está transformando gradualmente en algo más profundo, algo que ninguno de los dos habría anticipado. En medio de la sesión de fotografía, mientras observo detenidamente a unas arañas que poseen comportamiento social y que muestran un cuidado maternal sorprendente, Oscar me lanza una pregunta que me hace reflexionar profundamente:

—¿Es amor o naturaleza?

Mis pensamientos se sumergen en un remolino de ideas mientras contemplo a las arañas. Por un lado, siento que el amor humano es una emoción compleja y única que a menudo se considera separada de la naturaleza, algo que trasciende nuestros instintos animales. Sin embargo, al mirar estas arañas y su dedicación a proteger a sus crías, no puedo evitar notar la similitud con el amor humano. La naturaleza es un vasto depósito de amor y cuidado. Desde el comportamiento maternal de las arañas hasta las aves que alimentan a sus polluelos y las plantas que crecen juntas para protegerse, la naturaleza también está impregnada de amor en sus diversas formas.

Entonces, mi respuesta a la pregunta de Oscar es que…

—El amor es una parte intrínseca de la naturaleza. Si bien el amor humano puede ser más consciente y complejo, comparte raíces con los instintos y necesidades básicas que vemos en el mundo natural. El amor es una fuerza universal que se manifiesta de diversas maneras en todas las formas de vida.

—Entonces amar y querer es lo mismo o es diferente. —me pregunta Oscar sin mirarme solo sosteniendo un juego de luces.

La pregunta de Oscar queda en el aire mientras continúo observando a las arañas a través de mi cámara, tratando de encontrar una respuesta.

Finalmente, respondo.

—Amar y querer son similares pero diferentes. Querer es desear algo o a alguien, es una elección consciente basada en nuestros deseos, basada en nuestras necesidades. Amar, por otro lado, va más allá de un simple deseo. Es un sentimiento profundo, que es complejo, porque involucra cuidado, empatía y un lazo emocional más allá de nuestras necesidades personales, ya no es un yo, sino un nosotros. Casi todos sabemos querer, pero pocos sabemos amar —comenté mientras observaba al horizonte

Oscar miró el horizonte y asintió con lentitud.

—Es cierto. Amar y querer son dos caminos diferentes en el laberinto de las emociones. El querer se disfruta en el goce de la vida, es el deseo y la pasión momentánea. Pero el amor, el amor es más profundo, es un compromiso, un sacrificio, es el cielo y la luz, como dice la canción.

—Entonces, ¿amar y querer son lo mismo o son diferentes? —pregunté, buscando desentrañar el enigma de las emociones humanas.

Oscar sonrió y tomó una pausa antes de responder. —Amar es sufrir en la entrega, es dar sin medida, es como el mar, sin finalidad. Mientras que querer es gozar, es buscar el placer, más sin la misma franqueza en la entrega.

Reflexioné sobre sus palabras. —Así que, en cierto modo, el amor es un acto de altruismo, mientras que el querer es más egoísta.

—Exacto. El que ama da todo sin esperar nada a cambio, mientras que el que quiere, a menudo, busca satisfacer sus propios deseos y necesidades.

Ambos quedamos en silencio por un momento, contemplando el horizonte. En ese instante, en medio del desierto, parecía que estábamos tocando la esencia misma de lo que significaba amar y querer en la vida humana.

Vamos en su auto camino al pueblo, y Oscar cambia el ambiente del regreso diciéndome…

—En las últimas semanas he estado escribiendo algunos versos, ¿quieres escuchar alguno?

—Claro que sí, sería un placer.

—Más o menos dice así:

«En este desierto infinito y profundo,
Donde el silencio se vuelve mi amigo,
He encontrado en sus ojos un mundo,
Donde el amor y el misterio se unen con abrigo.

Bajo el cielo estrellado y sereno,
Caminamos juntos sin rumbo fijo,
En este paisaje que parece ajeno,
Descubrimos que el amor es nuestro único destino.»

Sus versos me conmueven, aunque trato de mantener mi entusiasmo en secreto.

—Bravo. Suena muy bien.

Llegamos al pueblo, y un chico se acerca a hablar con Oscar. Me siento incómodo, ya que había planeado invitarlo al bar esta noche para continuar nuestra conversación, pero el chico parece estar muy cerca de él. Mis pensamientos se tornan turbulentos, y una incómoda punzada de celos se apodera de mí mientras observo su interacción. ¿Quién será ese chico? ¿Un amigo cercano o algo más? Me pregunto en silencio, sin atreverme a expresar mis dudas en voz alta.

—Hasta luego, caballeros —camino hacia el bar, tratando de disipar mi malestar. Me siento en la barra y el cantinero, con su rostro curtido por los años, se acerca. Sin necesidad de pedirlo, me sirve una copa de whisky y me tiende la mano con una mirada profunda y sabia.

—¿Y esa cara, guapo? Mucho gusto, soy Cosmo. Así me dicen por aquí, porque dicen que soy más sabio que esta tierra.

—Todo está bien —agradezco su gesto y observo el movimiento del bar a mi alrededor, preguntándome si mi presencia pasará desapercibida en este lugar.

—Tu cara no me es familiar, y llevo toda una vida en este bar.

—Soy Evan, estoy trabajando en un proyecto fotográfico aquí en el pueblo —respondo mientras intento parecer despreocupado, aunque la presencia del chico desconocido sigue rondando mis pensamientos.

—Tu cara no me luce como la de un fotógrafo, me sabe a algo más.

—¿Cómo a qué? —digo intrigado por su aguda percepción.

La mirada de Cosmo parece escudriñar mi alma mientras habla. Me sorprende su percepción y, al mismo tiempo, me hace sentir expuesto, como si hubiera revelado una parte de mí que rara vez muestro.

—Supongo que tienes razón en parte —respondo con sinceridad—. La melancolía es una compañera constante en mi vida. Es como si llevara un peso en el alma que nunca puedo soltar del todo.

El cantinero me está mirando como si comprendiera más de lo que yo mismo sé sobre mí en este momento. Sus palabras tienen un peso inexplicable, como si estuviera revelando verdades profundas sobre mi ser.

—En este pueblo, uno puede encontrar muchas cosas. Es un lugar que parece atraer a aquellos que buscan algo más que simplemente escapar de la ciudad. Hemos tenido a algunos fotógrafos por aquí a lo largo de los años, buscando capturar la belleza y el misterio del desierto. Supongo que cada uno tiene sus razones. Algunos encuentran inspiración en la soledad y la vastedad de estos paisajes, mientras que otros buscan escapar de la rutina y la agitación de la ciudad.

Le doy un sorbo a mi bebida, pensando en mi propio viaje hasta este lugar remoto y en lo que realmente estoy buscando en medio de estos paisajes desérticos.

—En mi caso, además de la fotografía, estoy tratando de ver qué tanto me gusta tomar fotos.

—Y dime, ¿Qué hace un chico de ciudad, tomando fotos al otro lado del mundo? —pregunta Cosmo, manteniendo su mirada penetrante.

Mis pensamientos vagan de nuevo hacia Oscar, preguntándome quién era ese chico que se le acercó. ¿Será un amigo cercano o algo más? Siento una punzada de celos y confusión en mi interior, pero trato de ahogar esos sentimientos con cada sorbo de whisky, consciente de que este viaje al desierto está comenzando a revelar mucho más de lo que había anticipado.

La noche avanza, y decido entablar conversación con algunos de los locales, tratando de olvidar momentáneamente mis pensamientos y disfrutar de la compañía de desconocidos. Sin embargo, una parte de mí sigue preguntándose sobre Oscar y lo que está ocurriendo fuera de este bar en el tranquilo pueblo del desierto.

Oscar viene entrando al bar, su sonrisa ilumina el ambiente. Se acerca a mí y, con un gesto amable, pregunta si puede tomar asiento a mi lado. La proximidad de su presencia tiene un efecto tranquilizador en mí, disipando los pensamientos turbulentos que me habían invadido antes.

—¿Puedo? —dice con esa sonrisa que me hace sentir cálido por dentro.

—Claro —respondo, aunque evito mirarlo directamente.

—Un asunto allá fuera, nada del otro mundo —comenta Oscar con naturalidad.

—Excelente —replico, tratando de ocultar cualquier emoción que pueda estar sintiendo en ese momento.

Cosmo mira a Oscar y le pregunta:

—Oscar, ¿un whisky también?

—Claro que sí, Cosmo. Un whisky suena bien.

Oscar acepta el whisky con un gesto de agradecimiento y luego me entrega el poema que escribió.

—Quería darte el poema que escribí, hoy es una hoja, mañana puede ser un libro, ¿no crees? —dice con una mirada intensa.

—Gracias… Espero que así sea —acepto el poema de Oscar con una pequeña sonrisa, aunque en mi interior siento una mezcla de emoción y nerviosismo. La presencia de Oscar a mi lado hace que mi corazón lata más rápido de lo habitual, y me pregunto si él también siente lo mismo.

El tiempo parece desvanecerse mientras seguimos conversando en el bar, compartiendo nuestras historias y risas. A medida que la noche avanza, la música y la conversación fluyen a nuestro alrededor, pero mi atención sigue centrada en Oscar, quien se ha convertido en una presencia significativa en este pueblo.

Estoy sentado frente a mi computadora, nervioso pero ansioso por compartir mi descubrimiento con Violeta. La conexión de video se establece y ella aparece en la pantalla, lista para la sesión.

—Hola, Violeta. ¿Cómo estás hoy? —le pregunto, sintiendo que tengo algo importante que compartir.

Ella me responde con calma. —Hola, Evan. Estoy bien, gracias. ¿Y tú? Te ves diferente.

—Sí, quizás el cambio de clima. Violeta, he conocido a alguien aquí en este lugar, en el desierto. Alguien que me hace sentir... cosas que hace mucho no sentía.

—Cosas… ¿Cómo por ejemplo? Cuéntame más.

—Su nombre es Oscar, y nuestra historia es bastante interesante.

—Parece que has tenido una experiencia significativa, Evan. Las personas nos pueden hacer feliz en los primeros momentos de nuestras vidas, eso no significa que siempre va a ser de esa manera. Pero quiero recordarte que es importante tomar las cosas con calma. Las emociones pueden ser intensas al principio, pero también es importante conocer bien a la persona antes de tomar decisiones importantes.

—Entiendo lo que dices, Violeta. Es solo que todo ha sucedido tan rápido y siento que estoy en una encrucijada. No sé si debería seguir adelante o si estoy siendo impulsivo —me quedo pensando si lo que estaré buscando es el amor de manera desesperada.

—Es comprensible que te sientas así, Evan. Mi consejo sería que sigas conociendo a Oscar, disfrutes de esta conexión y, al mismo tiempo, mantengas un equilibrio con tu propia vida y tus objetivos personales. No te apresures a dar pasos fuertes sin ver el terreno que estás pisando. Date tiempo para explorar esta nueva relación y entender tus propios sentimientos.

—Gracias, Violeta. Siempre tienes las palabras adecuadas. Supongo que necesitaba escuchar eso. Voy a seguir tu consejo y tomar las cosas con calma.

En medio del vasto y eterno desierto que rodea el pueblo, nuestros días se extienden como los rayos dorados del sol al caer. Juntos, exploramos los misterios de este paisaje inhóspito, donde el tiempo parece detenerse y la soledad del desierto abraza nuestras almas. Mis cámaras capturan la esencia de la belleza desértica mientras nuestros corazones se sumergen en la magia de este lugar.

Cada expedición compartida va más allá de la simple admiración por las dunas y los horizontes infinitos. Aquí, en este rincón olvidado por el mundo, Oscar y yo nos desnudamos emocionalmente, compartiendo risas, historias de vida y secretos guardados durante años en lo más profundo de nuestros corazones. Nuestras palabras flotan en el aire caliente del desierto, como si el viento mismo llevara consigo los susurros de nuestras confidencias.

—Te gustan los atardeceres, ¿verdad? —me pregunta Oscar en un momento de complicidad, sus ojos fijos en el horizonte dorado, como si buscaran respuestas en el sol que se oculta.

—Sí, son hermosos. ¿Por qué lo preguntas? —respondo, mi mirada perdida en el mismo atardecer que nos envuelve.

—Porque a mí me fascinan, me hacen sentir como un niño, una y mil veces. Estoy enamorado de cada atardecer, de cada tarde, de cada día de mi vida en el ocaso —Oscar revela su pasión con un brillo en los ojos que se asemeja al propio sol que se oculta en el horizonte.

El enamorado de los atardeceres y yo, sintiéndome cautivado por él, nos encontramos en ese momento mágico, donde el sol se convierte en el testigo de un nuevo tipo de amor que nace entre los destellos dorados del crepúsculo.

En una tarde, mientras exploramos unas cuevas al final del día, decido compartir un regalo especial con Oscar. Sacando un libro de mi maleta, me acerco a él.

—Te traje un libro, Oscar «Veinte poemas de amor y una canción desesperada» —le digo, extendiendo el libro hacia él como un gesto de confianza en que compartiera conmigo sus primeros escritos.

Oscar toma el libro con una expresión de asombro y gratitud. —¡Oh, wow! —exclama con entusiasmo mientras me da un abrazo—. ¡Gracias, gracias!

Abro una página del libro y le leo mi poema favorito de Neruda:

«...Es tan corto el amor, y es tan largo el olvido…»

Lo miro con encanto, mi sonrisa es genuina, una silueta en mi rostro que no necesita fingir. El viento sopla fuerte, revolviendo las páginas del libro mientras compartimos risas. Oscar menciona «señales del destino», y yo lo observo con asombro, maravillado de cómo alguien nuevo, en tan poco tiempo, puede evocar tantas emociones en mí. Ignoro por completo la frase de Violeta: «Ve con calma». ¿Quién puede mantener la calma cuando mi piel se eriza al verlo y mis dedos se entumecen al tocar su mano? Cada instante a su lado se siente como una señal del destino, un giro mágico en el camino de mi vida.

Las dunas del Desierto de Atacama se extienden ante nosotros como olas de un océano naranja, no azul, ni líquido sino áspero, y la arena ardiente cobra vida bajo el intenso sol chileno. La cámara en mis manos registra cada ángulo, cada sombra y cada cambio de luz en este paisaje casi surrealista. Oscar, a mi lado, se inclina para capturar la misma vista en su lente. Mientras filmamos, siento cómo la química entre nosotros se hace palpable en el aire. Es como si el desierto mismo fuera testigo de esta conexión que va más allá de la admiración por la belleza natural. Cada mirada, cada sonrisa compartida, es un lenguaje silencioso que solo nosotros entendemos. Cuando nuestras manos se rozan al ajustar las cámaras, siento un escalofrío que recorre mi espalda.

La energía entre nosotros es intensa, como una corriente eléctrica que se arremolina a nuestro alrededor. En un momento de silencio, nuestros ojos se encuentran, y sé que Oscar siente lo mismo que yo. El sol comienza a descender en el horizonte, y las dunas se tiñen de tonos dorados y rosados. La belleza de este lugar es abrumadora, pero lo que siento por Oscar lo es aún más. Nos miramos fijamente, como si el tiempo se hubiera detenido en medio de este paisaje deslumbrante.

La química que nos ha acompañado durante toda la jornada estalla en un beso apasionado y profundo. Nuestros labios se encuentran con la misma pasión con la que hemos explorado el desierto, y la electricidad de ese beso recorre cada fibra de nuestro ser. Es un beso que lleva consigo la promesa de lo desconocido, de un viaje emocional que apenas comienza. El sol se pone en el horizonte, tiñendo el cielo de colores cálidos, mientras nosotros nos perdemos en el calor de ese beso. El desierto, que ha sido testigo silente de nuestra conexión, se convierte en cómplice de este momento. En ese instante, bajo el cielo desértico, descubrimos que la química entre nosotros es más que una simple atracción; es el inicio de algo nuevo.

Sin embargo, el nerviosismo me invade, y comienzo a recoger mis cosas en silencio. No estoy seguro de cómo ha interpretado Oscar este momento, si ha sido incómodo o si ambos deseábamos lo mismo. Finalmente, le digo: «Vamos». Él asiente y se dirige hacia el auto. Conduce hasta mi hotel, pero ninguno de nosotros dice una palabra. Me quedo pensando en lo incómodo pero a la vez romántico que fue todo.

En mi habitación, con las luces suavemente atenuadas, preparo el escenario perfecto para procesar todo el momento vivido. Mi playlist favorito de Adele comienza a llenar el espacio con sus notas melancólicas, como si la misma cantante quisiera acompañarme en esta introspección.

Me sirvo con cuidado un poco de vino, sintiendo el tacto fresco del cristal en mis dedos, y observo cómo el líquido rojo y burbujeante llena la copa. Cierro los ojos un instante, como si quisiera sumergirme en ese momento y dejar atrás el mundo exterior.

A medida que el primer sorbo de vino toca mis labios, mi mente vuelve a aquel beso apasionado con Oscar. Revivo la sensación de sus gruesos labios presionando los míos, la intensidad de su mirada, el tono canela de su piel que me envolvía por completo, y su silueta perfectamente esculpida que amenazaba con enloquecerme. Recuerdo sus lentes que cubrían sus oscuros pero hermosos ojos, su estatura de 1.71 metros de pura belleza.

El recuerdo de esa conexión ardiente y prohibida sigue ardiendo en mi mente como una llama que se niega a extinguirse. Cada detalle de ese encuentro está grabado en mi memoria como un cuadro impresionista, lleno de colores y texturas que se entrelazan en una sinfonía de emociones. Justo me llega un mensaje de Oscar que dice: «Espero que te haya gustado tanto como a mí». Sonrío mientras muerdo mis labios y siento cómo un ligero rubor tiñe mis mejillas.

No puedo evitar responder de inmediato: «Me encantó. Fue un día increíble». Mi dedo pulsa el botón de enviar, y mi mente se llena de emociones encontradas. La química entre Oscar y yo es innegable, pero también hay incertidumbre. El desierto nos unió en un momento apasionado, pero ¿qué significará para nosotros en el largo plazo? El vino en mi copa parece bailar con las preguntas que revolotean en mi mente, y Adele canta en segundo plano, como la banda sonora de mis pensamientos.

En ese instante, el desierto ardía menos que nosotros, y las dunas guardaron el secreto de nuestro primer beso.

Esta noche, tengo la oportunidad de presenciar una lluvia de estrellas, un evento que es parte integral de mi proyecto fotográfico. El cielo se despeja, revelando un manto de estrellas brillantes que parecen parpadear con promesas de maravillas cósmicas. Mi cámara está lista, y mi corazón late con emoción mientras me preparo para capturar la belleza efímera que el universo está dispuesto a regalarme. Cada destello en el cielo nocturno es una chispa de inspiración para mi trabajo, una conexión con el vasto cosmos que me rodea. Nos encontramos alrededor de una cálida fogata, las llamas danzantes iluminan nuestros rostros con destellos rojizos. Las botellas de vino circulan entre nosotros, y el sonido de las risas y las conversaciones llena el aire.

La Dra. Margarita comienza a hablar sobre ella.

—Esto es lo que siempre quise, una noche bajo el cielo estrellado del desierto, después de estudiar animales, esto es mi sueño. —sonríe mientras mira las estrellas.

—¿Siempre quiso ser bióloga? —pregunta Carlos curioso.

—Desde que era una niña, me fascinaban los animales y la naturaleza. Pasaba horas observando insectos en el jardín y coleccionando hojas y piedras. Sabía que quería trabajar con ellos de alguna manera.

—¿Y cómo llegó a especializarse en Biología? —pregunta Juan.

—Bueno, fue gracias a mi abuelo. Él solía llevarme de excursión a la montaña cuando era pequeña. Me enseñó a apreciar la belleza de la vida silvestre y a respetar el equilibrio de la naturaleza. Mediante iba creciendo, aprendiendo a leer, a buscar información, supe que quería ser bióloga.

—Eso es hermoso, Dra. Margarita. Usted me inspiró mucho a trabajar en campo cerca de la naturaleza —dice Rosa

Intervengo y pregunto a Oscar:

—¿Y Oscar cuáles son tus sueños?

—Mi gran sueño es convertirme en escritor. Es un sueño

que llevo en mi corazón y que espero algún día hacer realidad —sonrió al escuchar su sueño, sintiendo una profunda conexión con él, las últimas semanas, logró ver una belleza inexplicable en sus labios.

—He estado escribiendo en mi tiempo libre, explorando diferentes géneros y estilos. A veces, incluso me inspiro en historias que vivo aquí en el desierto. Quién sabe, tal vez algún día publique un libro.

—Sería una gran idea, Oscar. Si alguna vez necesitas un editor o alguien con quien compartir ideas, estaré encantado de ayudarte.

Hago una pausa y luego agrego un toque de humor:

—¡Vaya, Oscar, ya tienes un nombre de escritor! Quién sabe, tal vez estés destinado a ser el próximo Wilde. —Le lanzo una mirada juguetona mientras la Dra. Margarita sonríe con aprobación.

El amor puede surgir de repente, sin prisas ni urgencias, como un fluir natural y sencillo, como una melodía espontánea en el corazón.

Decidimos continuar la celebración en un famoso bar del pueblo. La Dra. Margarita, debido a su edad y cansancio, decide regresar a su hotel para descansar. Nos despedimos de ella. El bar está lleno de vida y música, y nos sumergimos en la atmósfera festiva del lugar. La noche avanza mientras compartimos risas e historias. La amistad entre nosotros se ha fortalecido a medida que compartimos este tiempo en el mágico pueblo. La música y la diversión continúan hasta altas horas de la madrugada, y aunque el frío del desierto se hace sentir, nuestros corazones están cálidos con la alegría y la camaradería de la noche. Por un momento, la tristeza y el dolor de la vida cotidiana quedan atrás, y solo queda el presente, la música y la promesa de un futuro lleno de posibilidades.

El ambiente en el bar está lleno de energía. La música sigue sonando, y la gente está disfrutando de la noche. En medio de la diversión, el cantinero se levanta y, con una sonrisa en el rostro, incita a Oscar a cantar un poco. La multitud comienza a animarlo, aplaudiendo y coreando su nombre.

Oscar, un poco tímido al principio, finalmente cede ante la insistencia y se pone de pie. Toma el micrófono y comienza a cantar. Su voz grave y áspera llena el bar y cautiva a todos los presentes. La multitud lo aplaude con entusiasmo y lo anima a seguir cantando. Su voz, su canto, resonaban como un eco ancestral en aquel rincón del mundo. Las notas se deslizaban por el aire como suspiros de la noche, y su música parecía acariciar mi alma.

Mis ojos se perdieron en su figura, y su presencia eclipsó todo a su alrededor. En ese momento, supe que este lugar, este encuentro, eran el escenario de algo más grande que una simple amistad. Las palabras se quedan cortas para describir lo que mi corazón siente. Por un efímero instante, el dolor se desvaneció, como si dentro de mí hubiera despertado una anestesia de la más dulce melancolía. En ese fugaz respiro, las heridas del pasado parecían cicatrizar, y la promesa de un nuevo comienzo se desplegaba ante mis ojos como un cielo estrellado en plenitud. Era como si el desierto mismo nos hubiera elegido para tejer nuestras almas en el tapiz eterno de la noche, encontré la cura para mis heridas del tiempo. La música de la amistad se transformó en una sinfonía de amor, y en medio de la vastedad del desierto, descubrimos que juntos éramos capaces de sanar, de soñar y de amar de nuevo.

Cada verso que salía de sus labios era una promesa de lo que podría ser, una melodía que resonaba en lo más profundo de mi ser. Y mientras la multitud aplaudía, mi corazón latía al ritmo de su música, como si estuviera componiendo una sinfonía sólo para nosotros.

Nuestros ojos se encontraron en un instante de entendimiento, y en ese fugaz momento, supe que estábamos destinados a explorar juntos un camino desconocido. La pasión ardía en el aire, y la poesía de la noche nos envolvía en un abrazo cálido. Una copa, llevó a otra, luego de tanto alcohol quedamos en mi habitación. El aire en la habitación del hotel estaba lleno de una tensión palpable. Sentado junto a Oscar, observábamos cómo la luz de la luna se colaba por la ventana, creando un escenario de ensueño. Cada segundo que pasaba se sentía como una eternidad, y la conexión que compartíamos parecía intensificarse con cada latido de nuestros corazones.

No podía evitar sentir que algo especial estaba ocurriendo entre nosotros, algo que trascendía la amistad que habíamos construido en las últimas semanas. Mi voz temblorosa rompió el silencio, dando voz a los sentimientos que había estado guardando.

—Oscar, desde que llegué aquí, siento que algo extraordinario ha estado sucediendo. Siento que hay una conexión más profunda entre nosotros, algo que va más allá de la amistad.

Oscar, tiene sus ojos fijos en los míos, tomó suavemente

mi rostro entre sus manos, acercando sus labios a los míos. El palpitar de nuestros corazones resonaba en el silencio de la noche mientras nuestros labios se encontraban en un beso ardiente. Nuestras bocas se fusionaron en un baile de deseos largamente contenidos. Cada beso era un suspiro de anhelo, una promesa de entrega mutua. Sus manos recorrieron mi cuerpo con una urgencia que coincidía con la mía, y en cada caricia, sentía cómo la pasión se apoderaba de nosotros.

Las palabras se volvieron innecesarias en ese momento, ya que nuestros cuerpos hablaban un lenguaje de deseo. Nos entregamos el uno al otro con una pasión desenfrenada, sin inhibiciones, como si el tiempo se hubiera detenido para nosotros. Cada beso, cada roce, cada gemido era un recordatorio de que estábamos vivos, que la pasión ardía en nuestros corazones y que éramos dos almas destinadas a encontrarse en ese momento. La habitación se llenó con el sonido de nuestros suspiros, de sus melodiosos gemidos. En ese instante, no éramos dos extraños, sino dos amantes entregados al éxtasis de la lujuria, unidos en un lazo ardiente que no podía romperse.

En la cama, nuestros dedos se encontraron y entrelazaron como si estuvieran destinados a hacerlo. Mientras él yacía boca abajo, mordiendo la almohada, yo contemplaba su espalda desde arriba. Mi mirada se perdía después de su cintura, y entre más gemía, más apretaba sus manos. Luego lo giré hacia mí, y mi mano subió lentamente por su mejilla, sintiendo la suavidad de su piel bajo mis dedos. Nuestros besos eran descontrolados, llevaba pasión cada roce de nuestros labios, el choque de nuestros dientes, el sudor que corría entre nuestros cuerpos era bendito. Su mirada me susurraba «Me encanta todo de ti». Levanté sus piernas sobre mis hombros, sintiendo la electricidad de la tensión sexual entre nosotros. Nuestros movimientos eran una danza erótica, lenta y ardiente. Cada roce, cada contacto, era una promesa de placer. Nuestros cuerpos se fusionaron con pasión, creando una comunión íntima que nos envolvió en una vorágine de deseo. Era como si nuestros sentidos se agudizaran, y podíamos sentir cada centímetro de la piel del otro, cada gemido y suspiro que escapaba de nuestros labios. Acabamos al mismo tiempo, nuestros cuerpos temblando de placer. Él se recuesta agotado en mi hombro, abrazándome con fuerza, y yo dejo escapar un suspiro profundo, exhausto por la intensidad de nuestro encuentro. Nuestros alientos entrecortados se mezclan en la habitación mientras nos aferramos el uno al otro, saboreando el éxtasis compartido.

En la penumbra de la habitación, Oscar y yo nos entregamos el uno al otro por completo. No solo en el sentido físico, sino también emocional. Hablamos de nuestros sueños, de nuestros miedos, de lo que habíamos perdido en la vida y de lo que esperábamos encontrar en este nuevo capítulo que estábamos comenzando juntos. Cada palabra, cada beso, era una promesa silenciosa de que estábamos dispuestos a enfrentar lo desconocido, a explorar el futuro con valentía y, sobre todo, con amor.

La luna, testigo silencioso de nuestra conexión, seguía iluminando el cielo nocturno, como si bendijera nuestro encuentro en el camino hacia lo desconocido. En ese momento, en los brazos de Oscar, no había dolor, solo un profundo sentimiento de calma y la certeza de que estábamos empezando algo que cambiaría nuestras vidas para siempre.

Puedes enamorarte mil veces, pero nunca con la misma locura, con la misma intensidad. Cada amor es un mundo único, una galaxia de emociones que ilumina el cielo de nuestra vida con una luz diferente. Cada historia de amor deja una huella imborrable en nuestro corazón, y aunque el tiempo pase, ninguna de esas huellas se desvanece por completo. Cada amor es una pieza de nuestro rompecabezas, y cuando las colocamos juntas, revelan la compleja obra de arte que es nuestra vida.

6

PERPLEJIDAD

Los días pasan y no he sabido nada de Oscar. No contesta mis mensajes y parece que después de esa noche, se ha olvidado por completo de mí. Tengo una reunión pendiente con la Dra. Margarita para que observe los retratos paisajes y revise el texto que irá junto a cada fotografía. Ya debo enviar avances a la revista, así que no debería estar pensando en Oscar. ¿Y si solo fue una noche para él? ¿Si no le gustó algo de mí? ¿Será algo en mí? Estas preguntas amargamente invaden mi mente mientras trato de concentrarme en mi trabajo.

Llega la hora de la reunión con la Dra. Margarita. Me siento ansioso y distraído, aún atormentado por los pensamientos sobre Oscar. La Dra. Margarita examina detenidamente mis fotografías y los textos que las acompañan. Sus comentarios son constructivos, pero no puedo evitar seguir preguntándome sobre el paradero de Oscar y lo que realmente significó nuestra noche juntos. Después de la reunión, decido tomar un respiro y salir a caminar por el pueblo, esperando que el aire fresco y la vastedad del paisaje me ayuden a aclarar mi mente y encontrar respuestas a mis dudas.

Mientras camino por el pueblo, mi mirada se posa en la ventana de un restaurante y veo a Oscar con el chico de la vez anterior, riendo y compartiendo una comida. Una oleada de emociones me embarga, pero trato de ocultar mi sorpresa.

¿Será que Oscar solo se divirtió esa noche? ¿O tal vez nunca significó nada especial para él? Las preguntas sin respuestas siguen atormentándome.

Sigo caminando por las solitarias calles del pueblo, sintiendo una mezcla de enojo y autodesprecio. Me siento como un perdedor, un tonto que ha confundido el sexo con el amor una vez más. Me pregunto por qué siempre termino cayendo en la misma trampa. Oscar, al que había llegado a apreciar y desear de una manera especial, parece haber sido igual que todos, un perdedor más. Maldigo mi propia ingenuidad y mi incapacidad para discernir entre la verdadera conexión y el mero deseo.

Entro al bar con una mezcla de resignación y desánimo, buscando un refugio temporal en el alcohol y la música. El bar está animado, con gente riendo y conversando, pero yo me siento como un espectador distante de la alegría de los demás. Me siento solo en medio de la multitud, y el recuerdo de Oscar y el chico que lo acompañaba sigue rondando mi mente, atormentándome con pensamientos que preferiría no tener. Trato de ahogar mis penas en el fondo de un vaso mientras la música suena de fondo, tratando de encontrar una vía de escape temporal de mis propios pensamientos oscuros.

—¿Quién dijo que el amor es fácil?

—¿Qué amor Cosmo? —respondo con amargura.

—El mismo que apaga tu sonrisa, el mismo que te miente, el mismo que te engaña.

—El amor es una cosa de tontos, y yo no soy tonto.

—¿Qué te hace pensar que eres especial? —pregunta con una toalla en la mano.

Cosmo me mira con dureza, como si estuviera tratando de despertarme o hundirme más.

—Evan, ¿de verdad crees que eres el único que ha sufrido por amor? ¿Crees que tu historia es la más trágica y desgarradora? ¡Deja de compadecerte a ti mismo y date cuenta de que todos hemos pasado por decepciones, desilusiones y corazones rotos! —exclama con voz firme—. El amor puede ser hermoso, pero también puede ser una maldición. La diferencia está en cómo decides enfrentarlo, dándome más dinero en mi cantina o haciéndote cargo de ti, en otras palabras siendo un hombre. Sus palabras me golpean como una bofetada de realidad.

—Y si te venden amor, y lo que recibes es lo contrario a eso. Tu das cariño y te responde con una noche de sexo.

Cosmo, en lugar de mostrar empatía, se vuelve aún más desagradable conmigo.

—¡Evan, eres un iluso! —dice con un tono de voz brusco—. ¿Cómo pudiste creer que algo tan efímero como una noche de sexo podría convertirse en amor verdadero? ¿Acaso eres tan ingenuo como para confundir el sexo con el amor? Eres un perdedor, Evan, por permitirte creer en esas ilusiones baratas. Deberías haber sabido que las cosas no funcionan de esa manera —continúa Cosmo, su tono lleno de desprecio—. Vienes al otro lado del mundo, das risas, das cortejo, un animal primitivo. Tienes sexo, ¿y tú esperas amor? que patética tu historia

Sin ánimos de escuchar más, me levanto de mi asiento y me voy del bar. Al salir, me topo con Oscar, pero decido seguir caminando sin detenerme. Aunque escucho su voz llamándome, no me detengo y continúo caminando. Distraído por mis pensamientos, tropiezo con un chico y se me caen el móvil y otras cosas que llevo en la mano. Al llegar al hotel, me doy cuenta de que mi billetera ha desaparecido.

—¡Dios! ¡Se me ha perdido la billetera! Vaya día de mierda que estoy teniendo hoy.

En mi habitación, encerrado y escuchando las canciones más deprimentes del mundo, tarareo entre Adele, James Arthur y un poco de Ed Sheeran. En ese momento, recibo una llamada al móvil que dice:

—Ciao guapo, tengo tu billetera. Soy Luca, el chico al que empujaste.

—No te empujé, nos tropezamos. ¿Cómo tienes mi número? —pregunto, sintiendo cierta confusión.

Luca responde en un intento de disculpa. —Está en una

tarjeta dentro de ella. Scusate per il «guapo,» Dottor Evan.

—No te preocupes, Luca. Gracias por encontrar mi billetera —respondo con gratitud. —¿Me la podrías entregar en este momento?

Luca, con un tono amable, pregunta. —Claro, ¿dónde estás ahora?

—Estoy en el hotel Casa de San Pedro. ¿Dónde podemos encontrarnos? —pregunto, sintiendo un alivio al saber que mi billetera ha sido encontrada.

—Yo me hospedo cerca, pero ¿podrías venir al café *La Luna*? —propone Luca.

—Nos vemos en 15 minutos —acepto su propuesta y cierro la llamada, aliviado de que mi billetera esté a salvo.

Llego al café y mientras escribo un mensaje a Luca para avisarle que estoy allí, él me ve entrar y me saluda alzando la mano. Luca está sentado en una mesa grande para cuatro personas, lo cual me sorprende ya que solo deberíamos ser dos. Al acercarme, le saludo y extiendo mi mano en un gesto de cortesía.

—Toma asiento —me dice con una sonrisa.

—Estoy un poco apurado —le digo con sutileza, aunque en realidad mi prisa se debe a la necesidad de volver a mi habitación y seguir obsesionándome con Oscar.

—Creo que un café no se le niega a nadie y menos a esta hora de la noche, hace frío y no está de más. —me dice con una expresión llamativa. Luca parece consciente de su atractivo, pero no caeré en esos trucos de niño bonito.

—Un café no, es muy tarde para eso, un chai suena bien, gracias —respondo mientras me siento en la silla frente a Luca. A pesar de mi prisa inicial, algo en su amabilidad y sus modales me hace sentir un poco más relajado. Tal vez esta conversación con un desconocido sea una distracción necesaria de mis pensamientos sobre Oscar.

El camarero se acerca, y Luca pide dos chais. Mientras esperamos, Luca me mira con curiosidad.

—Así que, ¿dejas tus cosas tiradas por allí? —pregunta, rompiendo el hielo—. Tengo un dolor en el brazo, ¿podrías atenderme, ya que eres doctor? —pregunta Luca.

—No, ese tipo de doctor. Soy Doctor en Historia Intelectual, no en Medicina. —respondo.

—Claro que lo sé, lo dice tu tarjeta, profesor —me responde Luca con una sonrisa.

—¿Eres así siempre? —le pregunto.

—¿Cómo?

—Pesado.

En ese momento, llega el mesero con nuestras tazas de té chai humeantes. Luca examina detenidamente su taza de té, la huele con atención, le da una vuelta como si estuviera realizando un ritual. Observo cada uno de sus movimientos con curiosidad, preguntándome si tiene alguna conexión especial con esta bebida o si simplemente disfruta de los pequeños placeres de la vida de una manera única.

—Este té chai tiene un sabor realmente sorprendente —comenta Luca mientras da otro sorbo—. Puedo sentir la mezcla de especias, como el cardamomo y la canela, que le dan un toque exótico, un poco picante. Y la temperatura, ideal, está lo suficientemente caliente como para abrir los estomas de las hojas y que liberen sus moléculas aromáticas. ¿Sabías que el té chai tiene sus raíces en la India? Es una mezcla tradicional de té negro con especias aromáticas. Se dice que cada familia tiene su propia receta secreta de té chai, transmitida de generación en generación. El té chai es toda una experiencia para los sentidos. Cada sorbo es como un viaje a través de la historia y la cultura de la India.

Quedo callado ante su explicación. Lo que parecía una simple bebida caliente se convierte en una puerta de entrada a un mundo de sabores. Quién diría que detrás de una sonrisa perfecta, un cabello ondulado castaño oscuro, y una piel tan blanca como la nieve, habría la explicación perfecta para mi té favorito.

—No me digas que eres un catador de té profesional. —le digo con un toque de humor en mi voz.

—Dime que no te maravilla el origen de las cosas, el porqué y para qué —responde Luca con una chispa de entusiasmo en sus ojos.

Con curiosidad le pregunto.

—¿A qué te dedicas?

—Soy Chef, un loco apasionado por la comida de cualquier región del mundo. Tengo un restaurante en Milán llamado *Cucina dell'Arte*. Y mientras te esperaba, me puse a leer tu tesis doctoral. Cuéntame más sobre lo que estudiaste.

—Mi tesis trata sobre la intersección de la filosofía y la historia intelectual, específicamente cómo las ideas filosóficas influyeron en los movimientos artísticos del siglo XIX en Europa. Me apasiona la forma en que las ideas pueden moldear nuestra percepción del mundo y, a su vez, influenciar el arte y la cultura. Nada del otro mundo.

—Monumental trabajo. Muy inteligente, aunque creo que debemos tener la misma edad. Para realizar un trabajo tan complicado. Tu cara parece de 40, pero debes tener 27. —Dice entre risas, y yo lo miro con una pequeña sonrisa.

Luca y yo continuamos charlando sobre diferentes temas mientras disfrutamos de nuestro té. A medida que conversamos, descubro que tiene un profundo interés por la historia, la cultura y la gastronomía de diferentes países. Me cuenta sobre sus viajes por Europa y Asia, y su pasión por explorar lugares nuevos y conocer personas de diferentes culturas. A pesar de mi prisa inicial por recoger mi billetera e irme, me doy cuenta de que la compañía de Luca es agradable y que estoy disfrutando de nuestra conversación. En ese momento, recibo un mensaje de Oscar que dice: «¿Podemos hablar?». Luca nota las llamadas entrantes en mi móvil y comenta: «Creo que deberías contestar». Yo respondo con un gesto de indiferencia, diciendo: «No es nada importante».

Me levanto, agradeciendo a Luca por encontrar mi

billetera y por la conversación. Le tiendo la mano para despedirme, pero en lugar de soltarla, Luca la sostiene y me pregunta cuándo será la próxima vez que nos veamos. Mi respuesta es un ambiguo «vemos», ya que no puedo evitar sentir una cierta atracción hacia él, pero al mismo tiempo, todavía estoy lidiando con mis sentimientos por Oscar. Con una sonrisa y un gesto de despedida, finalmente me libero y me alejo del café *La Luna.*

Al llegar al lobby del hotel, me encuentro con Oscar, y en ese instante, una tormenta de emociones se desata en mi interior. Mi corazón late con fuerza, y una inquietud abrumadora me consume. ¿Qué debo decirle? ¿Cómo enfrentar esta conversación que parece inevitable? Las palabras se quedan atascadas en mi garganta mientras avanzo hacia él.

Oscar rompe el silencio con una mirada intensa y un tono sereno en su voz, como si estuviera a punto de desvelar un oscuro secreto.

—Evan, necesitamos hablar sobre lo que ocurrió la otra noche. Hay asuntos pendientes que debemos aclarar —su expresión es seria.

A pesar de la turbulencia en mi interior, asiento con nerviosismo y encuentro el valor para expresar mi preocupación:

—¿Por qué ignoraste mis llamadas y mensajes? Esperé una respuesta que nunca llegó.

—Estoy bastante confundido. Todo fue muy de pronto, y sentí miedo.

—¿Miedo? ¿Miedo?, enserio, ¿De qué? —soy incapaz de ocultar mi propia frustración.

—Tu llegas, me haces sentir bien. Pero, en algún momento te irás. ¿Qué será de mí entonces?

—Y por eso, estás con alguien más. Típico de alguien inestable —me doy la vuelta, para no darle oportunidad a este charlatán de continuar con sus argumentos vacíos. Mientras proceso sus palabras, una chispa de enojo surge en mí. Pero Oscar sujeta mi mano con firmeza, impidiendo mi escape, y su voz suena llena de urgencia.

—Si realmente planeas quedarte, Evan, yo también lo haré. Solo hablé con mi ex porque necesitaba entender mis propios sentimientos hacia ti.

La confesión de Oscar, su agarre en mi mano y sus palabras me sumen en un abismo de dudas. En ese momento, siento que nuestras vidas están en un punto crucial, y la pregunta que queda en el aire es más profunda de lo que parece:

—¿Qué es lo que realmente quieres, Oscar?

—Quiero un lugar donde ser yo mismo, un espacio donde me sienta libre y seguro —responde Oscar, su mirada refleja una búsqueda sincera.

—Eso no me dice mucho, Oscar —replico, intentando mantener mi voz firme a pesar de la confusión reinante.

—Me siento como si me estuvieras presionando. ¿Siempre actúas así con las personas con las que quieres algo? —su voz muestra una mezcla de defensa y vulnerabilidad.

La tensión entre nosotros se incrementa, y ninguna respuesta parece ser suficiente para aclarar el enredo en el que nos encontramos. Las sombras de la incertidumbre oscurecen nuestro encuentro, y el drama de nuestra conversación parece lejos de llegar a una resolución.

Oscar y yo seguimos mirándonos, atrapados en una atmósfera cargada de emociones. La presión en la habitación se hace cada vez más intensa, y ninguno de los dos parece dispuesto a dar un paso atrás.

—Evan, sé que esto es complicado, pero necesito tiempo para entender lo que siento y lo que realmente quiero —dice Oscar finalmente, rompiendo el silencio.

Sus palabras dejan en el aire una sensación de ambigüedad, como si estuviera tratando de mantenerme a distancia sin dar una respuesta clara. La frustración se mezcla con mi deseo de comprenderlo.

—Oscar, no puedo seguir en esta situación indefinida. Necesitamos tomar decisiones y ser honestos el uno con el otro. No puedo estar en un lugar donde no sepa si realmente quieres estar conmigo o si sólo estás tratando de escapar de tu propia confusión —le respondo, tratando de transmitir mi necesidad de claridad.

Oscar suspira profundamente y baja la mirada por un momento. Luego, alza la vista para encontrarse con la mía.

—Tienes razón, Evan. No quiero herirte ni jugar contigo. Solo necesito tiempo para ordenar mis pensamientos y sentimientos. Déjame hacerlo, por favor.

Aunque sus palabras parecen genuinas, la incertidumbre persiste en el aire. Ambos sabemos que esta conversación no ha resuelto nada, y el futuro de nuestra relación sigue siendo incierto.

—Está bien, Oscar, te daré el tiempo que necesitas. Pero quiero que sepas que también tengo mis propios límites. No puedo esperar indefinidamente sin saber hacia dónde vamos —le advierto.

—Puedes dejarme pasar a tu habitación, creo que allá podemos hablar más con calma.

—Ya no tenemos nada que hablar —le digo, aunque en mi interior anhelo que se quede a mi lado, que su presencia llene las noches vacías y frías de mi vida con su calor.

—Solo serán unos minutos.

Accedo a que pase a mi habitación, aunque no estoy seguro si es un error o un acto de suicidio para mi corazón. Cierro la puerta detrás de nosotros, y el mundo exterior desaparece, dejándonos a solas con nuestras emociones inciertas. Me toca la mano, se aferra a mis labios, me toma de la cabeza, y me presiona contra la pared, mientras desabrocha mi pantalón y yo trato de quitar su camisa, nos tocamos con desesperación, como dos náufragos aferrándose a la última tabla de salvación. Las prendas caen al suelo, y la pasión se enciende en la penumbra de la habitación.

En el mismo sofá donde he estado pensando en él, la piel de mi cara estaba caliente, y él estaba agitado, su mano estaba fría, lo siento mientras baja a través de mis piernas, me rompe el pantalón para sacarme el miembro, mientras me dice: «fóllame». Ahora estoy desnudo delante de la persona que lastima mi corazón, pero que le da mucho sentido al palpitar del mismo. Mientras él le da vida a mi pene, miro su fuerte espalda, la unión entre los contornos de sus hombros marcados por tanto ejercicio. Veo su piel, la forma de su rostro, los rizos que sobresalen de su cabeza, todo con él tiene sentido, su gemir me lleva a un éxtasis que me corrompe por completo mi pensamiento, que me destruye la psiquis, que se encripta en mi mente, el gritar de nuestro nombres, me llevan a la máxima cima del deseo, lo más primitivo de nuestros cuerpo, como dos cavernícolas que acaban de conocerse solo para follar.

Terminamos a chorros por mera casualidad, como si nuestros cuerpos estuviesen en sintonía. Lo contemplo con una mezcla de desdén y rabia en mis ojos, aunque mi corazón late con amor. Finalmente, él se recuesta en mi hombro, y el mundo desaparece a nuestro alrededor, como si solo existiéramos en esta burbuja. Estamos exhaustos. Nuestras almas se entrelazan en un abrazo silencioso, y aunque las palabras se quedan sin pronunciar, nuestros corazones hablan un idioma propio.

En las sombras del ayer me encuentro perdido,
Decepciones y mentiras, mi único abrigo,
Promesas rotas como cristales frágiles,
El amor se desvaneció, se hizo intraducible.

Mis lágrimas son tinta en el papel en blanco,
Versos tristes narran mi historia de quebranto,
Los recuerdos son espinas en mi corazón,
La decepción se ha convertido en mi canción.

Despierto en la madrugada, y al extender la mano, me doy

cuenta de que ya no está a mi lado. Un sentimiento de frustración se apodera de mí, mezclado con una profunda añoranza. Aún puedo sentir su presencia en la habitación. Me levanto de la cama, mis pensamientos tumultuosos. Decido salir en busca de respuestas y consuelo, así que me dirijo al bar de Cosmo, el refugio de muchas noches turbulentas. Mientras camino por las calles silenciosas, el recuerdo de nuestra conexión pasada sigue latente en mi mente, como un fuego que se niega a extinguirse.

Entro al bar de Cosmo y sin perder un segundo, pido un whisky. Mi garganta árida ansía el calor y el consuelo del alcohol. Cosmo, siempre observador, nota mi estado de ánimo y me sirve la bebida en silencio.

—¿Confundido? —me quedo sorprendido por su capacidad de leer mi mente sin yo tener que pronunciar una palabra—. ¿O cansado de lo mismo?

—Simplemente me dio ganas de un whisky. Un trago de madrugada para el frío.

—Más sabe el diablo por viejo, que por diablo.

—¿El amor se ruega? o ¿simplemente te alejas cuando ves que no funciona? —pregunto, con una mezcla de duda y anhelo en mis palabras.

—El amor, muchacho, no se ruega. Es como el viento, imposible de retener entre las manos. A veces, es más sabio soltarlo cuando notas que no prospera, antes de que se convierta en una carga. La vida es corta, y no vale la pena desperdiciarla en un amor que no es mutuo, en una batalla que no puedes ganar. Pero tampoco dejes que el miedo a perder te impida luchar por lo que realmente importa.

—Es que creo que estoy luchando por un mediocre, entonces, su amor es mediocre —digo con frustración en mi voz, sintiendo el peso de la decepción en mis palabras.

—Entonces, si crees que estás luchando por un mediocre, eso es lo que obtendrás. El amor, al igual que la vida, merece algo más que mediocridad. Pero recuerda, la mediocridad no solo reside en la otra persona, sino también en lo que estás dispuesto a aceptar. A veces, luchar por lo que realmente importa significa luchar por ti mismo.

—¿Y si el otro está confundido?

—Si el otro está confundido, eso no te da la responsabilidad de cargar con su confusión. Cada uno debe encontrar su camino en el laberinto del amor. Dar espacio es la mejor manera de permitir que alguien encuentre la claridad. En última instancia, no puedes arreglar a otra persona, pero sí puedes decidir cómo te afecta su confusión y cuánto estás dispuesto a soportar. Pero, ¿y si el perdido eres tú? ¿Y si aceptas migajas porque no sabes ni lo que mereces? ¿Cómo vas a exigir algo que desconoces? ¿Falta de amor propio?

—No vas a confundirme, tengo claro lo que quiero. No deseo estar con alguien que juega a aparecer y desaparecer; eso no encaja en la vida que busco. No soy el puente para que otros crucen hacia algo mejor; soy un destino en sí mismo.

—Entonces, suelta, muchacho, déjalo ir. Tú ahogándote en alcohol, y él quizás en otra cama. La vida es así de cruda —Cosmo toma un vaso de whisky para él y para mi, sus dedos arrugados por los años que han bebido del mismo licor, y dice—. Después de años, llegué a comprender que el amor no es una tormenta ansiosa que sacude el alma, ni un río forzado que arrastra el corazón. No es un juego donde la dignidad se pierde en cada jugada, ni un vaivén de incertidumbre que te arroja de un extremo al otro. El amor no se reduce a un océano de lágrimas diarias, ni es una pregunta sin respuesta que atormenta la mente. Es un sol constante, un faro de luz que brilla en el horizonte, guiando nuestras almas a través de la oscuridad de la vida, un resplandor que nunca se apaga, una certeza eterna en este mundo incierto.

Pido la cuenta con el mismo gesto que hemos repetido durante meses, dejo una propina en el frasco de vidrio al lado de la caja. Mi gratitud se siente en el peso de las monedas. La noche me envuelve mientras regreso al hotel, las calles silenciosas son cómplices de mis pensamientos errantes. La luz de las farolas se difumina en la penumbra de mis reflexiones. Llego a mi santuario, la habitación donde los recuerdos y las canciones han hecho su hogar. Me tiendo en la cama y me dispongo a explorar el laberinto de mi mente. Los audífonos cubren mis oídos, la música se convierte en mi guía. *Eleanor Rigby* de *The Beatles* inunda mi mundo con su melancolía y su verdad. Las notas, como susurros de un tiempo perdido, me envuelven en una niebla de nostalgia. Cierro los ojos y dejo que las palabras y los acordes me lleven a través de los pasadizos de mis pensamientos. Comienzo a cantar fuerte, para ver si a través de mis gritos, se va mi desilución.

Hasta cuándo seguiré amando a quienes carecen de corazón, a monstruos que me roban la vida y se llevan consigo, a su paso, pedacitos de mi corazón.

7

INTRICATUS

El teléfono suena con impaciencia, y mi corazón late al ritmo de las campanadas. Es Nube, mi confidente, mi confidente virtual que ha estado allí para escuchar mis susurros en la noche y mis sollozos en la madrugada. Su voz se desliza a través de la línea telefónica como un susurro de seda, teñida de preocupación.

—Evan, ¿dónde has estado? —pregunta Nube en un tono ansioso, como si hubiera estado esperando durante una eternidad mi llamada.

—He estado... en un laberinto de emociones —respondo con pesadez en la voz, tratando de encontrar las palabras adecuadas para describir lo que he estado experimentando.

Nube se mantiene en silencio por un momento, como si estuviera sopesando mis palabras. Finalmente, dice.

—¿Qué ha pasado, Evan? Cuéntame.

Y así, en medio de la penumbra de mi habitación, le relato los recientes acontecimientos. Le hablo de la noche con Oscar, de su confesión, de mi confusión. Le cuento sobre el encuentro fortuito con Luca, el italiano enigmático que me ha llevado a cuestionar todo lo que pensaba que sabía sobre el deseo.

La voz de Nube permanece en silencio durante un tiempo después de mi relato. Puedo imaginarla sopesando cada palabra, tratando de encontrar la respuesta adecuada. Finalmente, habla con una sinceridad que corta como una hoja afilada.

—Evan, el amor es un laberinto en sí mismo. A veces, te perderás en él, y otras veces encontrarás caminos que ni siquiera sabías que existían. Pero recuerda, no hay reglas estrictas en este juego. No pierdes nada conociendo a Luca, explorando nuevas conexiones. Si Oscar es quien realmente debe estar en tu vida, lo descubrirás. Pero no te cierres a las oportunidades que el mundo te presenta.

Sus palabras se quedan suspendidas en el aire, resonando en mi mente. A medida que cuelgo el teléfono, me doy cuenta de que estoy en medio de un laberinto, como el héroe de una antigua epopeya, tratando de encontrar mi camino.

Mientras Violeta intenta establecer la conexión en su pantalla, mis pensamientos divagan y mi mente se aleja de la conversación. Observo cómo las nubes se reflejan en la ventana, perdiéndome en su movimiento y en la inmensidad del cielo. Las palabras de Violeta parecen llegar desde lejos, como si estuviera en una galaxia distante, desconectado de la realidad que me rodea.

—Disculpa Violeta, estoy bien, ¿y tú? —parpadeo para despertar de mi distracción.

—No te preocupes, Evan. ¿En qué pensabas?

—Solo me distraje con el paisaje. Aunque hay una frase que me cala mucho en la mente en estos últimos días —suspiro—. «¿Poco amor propio debo tener para tolerar a personas patéticas?»

Violeta frunce el ceño, pensativa.

—Esa es una pregunta interesante, Evan. A veces, toleramos a personas que nos lastiman o nos hacen sentir mal porque creemos que no merecemos algo mejor o que no podemos estar solos. Pero la verdad es que todos merecemos respeto y amor, y estar rodeados de personas que nos hagan sentir bien. No se trata de tener poco amor propio, se trata de aprender a valorarnos y rodearnos de relaciones que nos enriquezcan en lugar de agotarnos. ¿Hay alguien en tu vida que te haga sentir así?

Mi mente vuelve a Oscar y a los altibajos de emociones que ha desencadenado en mí.

Por supuesto, aquí está el diálogo editado para que sea más cautivador y atractivo para el lector:

—Sí, hay alguien que me hace cuestionar eso.

Violeta asiente con empatía.

—A veces, es difícil dar el paso y alejarnos de personas tóxicas, pero a la larga, es lo mejor para nuestra salud emocional y bienestar.

—Pero yo no creo que sea únicamente por amor propio, hay otros factores en juego.

Violeta inclina la cabeza, escuchándote con atención.

—Evan, estoy de acuerdo contigo. Nuestra conducta y las decisiones que tomamos suelen ser mucho más complejas de lo que parece a simple vista. A veces, nuestros actos se tejen con hilos de experiencias pasadas, emociones enredadas y sueños futuros. Es como un rompecabezas de la vida con piezas dispersas que esperan ser unidas en una imagen completa.

—Últimamente, los videos de redes sociales, personas que se hacen pasar por psicólogos o esos llamados «divulgadores» e «influencers», llenan la cabeza de las personas con la idea de que todo se reduce al amor propio, a levantarse temprano, a no sufrir y ser feliz. ¡Me resulta exasperante escuchar eso! Y, en parte, es culpa de...

—...de las expectativas irreales que a menudo nos imponen las redes sociales y los «gurús» del bienestar. Es cierto, Evan, vivimos en una era en la que la felicidad se ha vuelto una especie de mercancía que todos parecen promocionar. Pero la realidad es mucho más compleja que los mensajes motivacionales que vemos en línea. No existe una única fórmula mágica para la felicidad, y no todos los caminos son iguales para cada persona. A veces, simplemente vivir y aprender de nuestras propias experiencias es la mejor manera de encontrar nuestro camino.

—Comprendo tu frustración, Evan, y tienes razón al cuestionar esa avalancha de mensajes que nos llega desde las redes sociales y los autodenominados expertos en bienestar. Es como si estuvieran vendiendo una receta única para la vida perfecta, pero la realidad es que cada uno de nosotros es un libro abierto con páginas llenas de experiencias únicas y diferentes desafíos. No todos los capítulos se escriben de la misma manera, ni todas las historias siguen el mismo guión. Es importante recordar que la vida es intrínsecamente compleja, y la felicidad no se encuentra en un solo camino. A veces, ese énfasis excesivo en el amor propio y la búsqueda constante de la felicidad puede generar más ansiedad que bienestar. En lugar de seguir fórmulas preestablecidas, lo más valioso es descubrir nuestro propio camino, con sus altos y bajos, y aprender a vivir de acuerdo con nuestros valores y aspiraciones personales. Al final del día, lo que cuenta es la autenticidad y la conexión genuina con nosotros mismos, y no necesariamente encajar en las expectativas ajenas. Entonces, ¿cómo podemos encontrar la felicidad en medio de esta maraña de consejos y presiones sociales? Bueno, eso es una de las muchas incógnitas que cada uno de nosotros debe resolver a su manera.

—Pero esto del amor propio aún cala profundamente en mí, especialmente después del consejo que recibí en un bar, donde me dijeron que tengo un problema de amor propio y debo liberar mi pensamiento obsesivo hacia Oscar. Hemos follado, y su reacción de alejamiento, la justifica con una excusa barata de confusión, me ha dejado con sentimientos de rabia. Me vio la cara de estúpido.

—Esa es una situación sin duda complicada y llena de emociones encontradas, Evan. Dejar ir pensamientos obsesivos y superar una relación pasada puede ser un desafío abrumador. Es natural sentirse molesto y confundido, especialmente cuando alguien con quien compartiste momentos íntimos de repente cambia su actitud. Recuerda que cada persona tiene sus propios motivos y dilemas internos, y la confusión puede ser una respuesta genuina. Es fundamental darte tiempo para procesar tus propios sentimientos y, en última instancia, tomar decisiones que sean coherentes con tus necesidades y valores. Es posible que, con el tiempo, puedas liberarte de esos pensamientos obsesivos y encontrar una mayor claridad. La sanación es un proceso individual y, aunque no siempre es lineal, con apoyo y autoaceptación, puedes superar este momento de confusión y seguir adelante hacia un futuro más luminoso.

—¿Tiempo? ¿Tiempo? Si solo me siento utilizado, otro perdedor más. Pensé que aquí era el lugar adecuado, pero resulta que no lo es.

—Entiendo tu frustración y desilusión, Evan. Sentirte utilizado es una experiencia dolorosa y puede socavar tu confianza en las relaciones. A veces, las personas pueden actuar de manera egoísta o insensible, y eso puede dejarnos heridos y confundidos. Es importante recordar que tu valía no depende de las acciones o decisiones de los demás. Eres una persona valiosa por derecho propio, y mereces relaciones que te respeten y te den el amor y el apoyo que necesitas. Tomarte un tiempo para sanar y reflexionar es una parte importante del proceso. A medida que avanzas, puedes aprender lecciones valiosas de esta experiencia y usarlas para tomar decisiones más informadas en el futuro. No eres un perdedor, eres alguien que está creciendo y evolucionando a través de las experiencias de la vida.

—Pero no lo busqué, simplemente sucedió.

—Entiendo que la situación se haya dado sin que la hayas buscado. A veces, la vida nos presenta desafíos y situaciones inesperadas. Lo importante es cómo elijas manejar estas situaciones y qué aprendizajes puedas obtener de ellas. Aunque esta experiencia haya sido inesperada y confusa, aún puedes usarla como una oportunidad para crecer y aprender más sobre ti mismo y tus deseos en las relaciones. La autorreflexión y el autocuidado son pasos importantes en tu viaje hacia la sanación y la claridad.

—No hay nada que aprender, ¡nada! -replico molesto.

—¿Estás seguro?

—Absolutamente seguro.

—Imaginemos, Evan, que alguien en el futuro no está seguro de lo que quiere... ¿Volverías a estar con esa persona?

—¡Ni siquiera lo consideraría, Violeta! ¡Si estar con Oscar me ha sacado de quicio enormemente!

—Has aprendido a no tolerar conductas que te dañen.

Has aprendido a defender tus límites, a reconocer lo que no deseas.

—Lo sé, Violeta. Hace tiempo que sé lo que quiero, especialmente desde que no estoy con él, con Alex. El tiempo y las experiencias me han enseñado que merezco algo mejor, algo que esté en sintonía con lo que busco y necesito en una relación. Ahora, mi enfoque es claro, y no voy a retroceder en lo que merezco. El amor es un juego de tontos.

—El amor, a veces, puede parecer un juego de tontos, pero también puede ser un maestro valioso si estamos dispuestos a aprender de él. Sigue confiando en ti mismo y en lo que mereces, Evan. Tu futuro en el amor está lleno de posibilidades, y mereces una relación que te haga feliz y te respete plenamente.

—¿Y tú crees que yo soy un tonto?

Violeta sonrió con calidez.

—No, Evan, no eres un tonto en absoluto. Eres alguien que está aprendiendo y creciendo a través de las experiencias de la vida, al igual que todos nosotros. No somos tontos por buscar el amor y aprender de las relaciones, incluso si a veces nos enfrentamos a desafíos. Eres valiente por ser honesto contigo mismo y por estar dispuesto a buscar un amor auténtico.

—Sin embargo, sabes, creo que quizás he sido un poco ingenuo. ¿Quién no está dispuesto a ganar en el amor? Aunque sabemos que a veces se pierde, y eso es parte del juego del amor.

Violeta me mira con comprensión.

—El amor es un juego complejo y en ocasiones, nos enfrentamos a situaciones en las que parece que perdemos. Pero eso no te hace un tonto, Evan. Muestra que eres alguien que está dispuesto a arriesgarse, a abrir su corazón y a buscar conexiones significativas. No siempre ganamos en el amor, pero las experiencias nos enseñan lecciones valiosas y nos ayudan a crecer. Ser vulnerable en el amor es un acto valiente, y eso es algo que merece reconocimiento. No eres un tonto por eso, eres alguien que está explorando el misterio del amor.

—Creo que más allá del amor propio, se trata de aprender a amar, sabiendo que habrá ocasiones en las que ganaremos y otras en las que perderemos. Así es como se desenvuelve la vida. Más que simplemente amor, la vida está llena de días buenos y malos, y eso no disminuye su significado, ¿verdad?

Violeta sonrie.

—Tienes una perspectiva interesante, Evan. Aprender a amar, con sus victorias y derrotas, es una parte esencial de la vida. Los días buenos y los malos, los momentos felices y los desafíos, todos son parte del viaje. Y sí, absolutamente, eso no le resta significado a la vida. De hecho, son esas experiencias las que nos ayudan a crecer, aprender y encontrar un significado más profundo en el amor y en la vida misma.

Me paso la mano por el cabello, visiblemente confundido.

—Violeta, no lo entiendo. Por un lado, siento que sé lo que debo hacer, pero por otro, no puedo evitar pensar en él y en lo que me hizo. Estoy tan confundido.

—Y, ¿quién dijo que por saber el teorema, no vas a tener algunos errores en el examen? De eso se trata la terapia, de avanzar poco a poco, comprendiendo y aplicando gradualmente los conceptos adquiridos.

Quedo insatisfecho con Violeta, no obstante, siento que esta sesión fue diferente a cualquier otra en la que me quejo y no veo nada con claridad. Puede ser que algo en mí esté cambiando.

Violeta me miró con una sonrisa comprensiva.

—Evan, el cambio no siempre es un proceso lineal ni fácil de comprender. A veces, nuestra mente necesita tiempo para asimilar nuevos enfoques y perspectivas. No te preocupes si sientes que estás en medio de una transición confusa. Lo importante es que estás dispuesto a explorar y aprender. Poco a poco, comenzarás a ver los resultados de tu proceso.

Esa tarde, mientras estaba en mi habitación, me encuentro sumido en mis pensamientos. Había pasado días inmerso en la redacción de mi artículo sobre el cuidado maternal en animales, colaborando estrechamente con la Dra. Margarita, una experta en el campo. Nuestra investigación había sido intensa, y cada palabra escrita era una manifestación de nuestro compromiso por la causa. Las palabras llenas de emoción y conocimiento fluían desde mi mente hacia el teclado de la computadora mientras yo trabajaba incansablemente. La pantalla brillante iluminaba la habitación mientras la lluvia caía suavemente fuera de la ventana, creando una atmósfera de tranquilidad. Mis ojos se centraban en la pantalla mientras daba los toques finales a mi trabajo.

Cada párrafo, cada oración, tenía la intención de dar voz a

la importancia del cuidado maternal en el reino animal. Había invertido tanto tiempo y energía en este proyecto que se había convertido en una parte integral de mi vida. Justo cuando estaba a punto de enviar el artículo a la revista que nos había encargado la investigación, mi teléfono vibró. Era un correo electrónico del editor de la revista, y el asunto llamó mi atención de inmediato: «Impresionados con tu trabajo». Con el corazón latiendo con anticipación, abrí el mensaje y leí las palabras que cambiarían el rumbo de nuestro proyecto de investigación.

El mensaje del editor de la revista es un reflejo de su entusiasmo y satisfacción con tu trabajo inicial. Dice:

«Estimado Evan,

Quiero expresarte lo impresionados que estamos con tu trabajo inicial sobre el cuidado maternal en animales, junto a la Dra. Margarita. Tu pasión y dedicación han quedado claramente plasmadas en cada palabra, y creemos que esta historia merece un alcance aún mayor. Hemos decidido dar un paso adelante y llevar tu investigación al siguiente nivel.

En ese sentido, estaremos enviando a un experimentado productor cinematográfico para colaborar contigo en la creación de una película que profundice en este importante tema. Creemos que esta película puede tener un impacto significativo en la concienciación sobre el cuidado maternal en animales, y estamos emocionados de seguir financiando este proyecto.

Esperamos que continúes con tu compromiso y pasión por esta causa. Tu labor es fundamental, y estamos seguros de que juntos podemos marcar la diferencia.

Atentamente,

Yuseth Endy
Editor en Jefe
Revista Explorer»

La emoción se mezcla con la satisfacción mientras asimilo el contenido del correo. Es un reconocimiento a nuestro esfuerzo y una invitación a llevar nuestro trabajo al siguiente nivel. El futuro del proyecto se ilumina con una nueva posibilidad: una película que permitiría llegar a una audiencia aún más amplia. Recibo un mensaje de Luca, invitándome a cenar en el restaurante donde está realizando su estancia culinaria. Otra cita, ¿más formal? Mientras considero esto, sigo pensando en Oscar. ¿Debería aceptar la invitación de Luca? ¿Valdrá la pena? Las dudas me asaltan en medio de esta encrucijada.

Sintiendo la agitación en mi interior, decido que aceptar la invitación de Luca podría ser una distracción necesaria de la tormenta de pensamientos y emociones que me atormentan. No puedo evitar sentir una atracción impredecible hacia lo inestable en este momento. Le respondo a Luca, aceptando su invitación para cenar en el restaurante donde está haciendo su estancia culinaria. Las palabras fluyen de mis dedos, pero mi mente sigue dividida, temiendo que esta elección solo complique aún más mi ya turbulenta vida. Mientras envío el mensaje, mi corazón late con una mezcla de anticipación y culpa, como si estuviera jugando con fuego. Estoy dispuesto a arriesgarme, a pesar de que podría llevarme a un territorio aún más volátil y desconcertante.

Llego al restaurante en una tarde soleada que contradice

mi interior. El lugar es elegante y acogedor, con mesas dispuestas de forma impecable y un suave murmullo de comensales conversando en voz baja. El aroma de la comida flota en el aire, mezclándose con la fragancia de las velas que iluminan discretamente las mesas. Luca, ya está esperándome en una esquina apartada del restaurante. Viste su uniforme de chef, una chaqueta blanca impoluta que resalta su seguridad en la cocina. Su mirada me encuentra con una intensidad inusual, como si estuviera buscando respuestas en mis ojos. Avanzo hacia él, y siento que mi corazón late desbocado, como si estuviera en el umbral de una decisión trascendental. La anticipación y la culpa bailan en mi pecho, creando una danza caótica de emociones. Luca sonríe cuando me acerco, pero sus ojos esconden algo más, una chispa de inquietud o deseo, no puedo estar seguro. Nos sentamos en una mesa junto a una ventana que ofrece vistas a un jardín bien cuidado. El camarero se acerca para tomarnos la orden, pero me siento distraído por el laberinto de mi propia mente.

—Te tengo todo preparado —me dice Luca.

—Oh, gracias, pero soy muy básico en término de comida.

—No creo que alguien como tú, tenga poca fascinación por los nuevos sabores. Evan, a veces es necesario salir de nuestra zona de confort y experimentar algo nuevo. Te aseguro que esta comida será una experiencia que recordarás.

—Está bien, confiaré en tu juicio. Sorpréndeme…

Mi mente está llena de dudas, y mi cuerpo vibra con la incertidumbre. Mientras Luca y yo conversamos, su voz es como una melodía que fluye, pero mi mente se siente atrapada pensando vagamente en Oscar. La tensión entre nosotros se vuelve palpable, como una tormenta que amenaza con romper en cualquier momento. Cada palabra, cada risa nerviosa, es como un rayo de electricidad que aumenta la tensión.

—Evan, la comida es como el amor, a veces debes entregarte por completo para apreciar su verdadero sabor —inclina la cabeza ligeramente hacia mí.

—Luca, esto es solo una comida, ¿verdad?

—Claro, es solo una comida. Pero, ¿quién sabe lo que podría suceder después? En ocasiones, las experiencias inesperadas son las más deliciosas.

Pido un vino tinto, tomando en cuenta que me gusta más el vino rosa, pero el sabor se mezcla con la amargura de la indecisión. Estoy dispuesto a arriesgarme, pero no puedo evitar sentir que he cruzado una línea invisible, que el territorio en el que me encuentro es aún más volátil y desconcertante de lo que había imaginado.

Cuando finalmente llegó nuestro platillo, su entusiasmo era palpable. El mesero trae consigo una obra maestra de la cocina que parece una sinfonía de colores y aromas. Con gran pasión Luca, comienza a describirlo con detalle.

—Este es un plato de autor que he creado especialmente para ti. Comencemos con la base: un lecho de quinoa y espinacas frescas, que aporta una textura ligera y crujiente. Sobre esta cama, colocamos con cuidado unas láminas de pescado blanco, que ha sido marinado en una mezcla de hierbas frescas y cítricos para realzar su sabor.

Luca sigue describiendo cada elemento con entusiasmo, como si estuviera revelando secretos de su cocina.

—Acompañando al pescado, tenemos unas verduras salteadas en una reducción de balsámico, que aporta un toque agridulce. Encima, un toque de crujientes almendras tostadas y ralladura de limón para dar un contraste de sabores y texturas. Y, para coronar este plato, una delicada salsa de azafrán que aporta un toque de lujo y misterio.

Mientras Luca habla, no puedo evitar notar la pasión con la que describe cada componente del platillo. Sus palabras son como pinceladas en un lienzo culinario, y mi boca se hace agua con cada detalle compartido. Luca ha transformado la comida en una experiencia artística.

—¡Buen provecho! ¿Cómo se llama este platillo?

—*Tocco la tua bocca*, este platillo es como la seducción misma. Cada capa de sabor es una invitación a explorar lo desconocido —Luca sonríe juguetonamente—. ¿O me dirás que no disfrutas un poco de picante en la vida? Agrega emoción, ¿no crees?

—*Con un dito tocco tutto l'orlo della tua bocca, la sto disegnando come se uscisse dalle mie mani.* Cortázar —le respondo mientras fijo la mirada en el plato—. Tienes razón. La vida sería aburrida sin un poco de emoción, sin un poco de riesgo. Supongo que, de vez en cuando, vale la pena jugar con fuego.

—Así que el niño sabe el escrito. No me equivoque al pensar que eres exótico. Siempre me digo a mí que las experiencias más emocionantes están justo frente a nosotros, solo necesitas la valentía para dar el primer paso, el primer roce, la primera caricia, saborear el momento suavemente, de poco a poco.

—¿Y si no estoy seguro de dar ese primer paso?

—Quizás solo necesitas un pequeño empujón para descubrirlo. O, en este caso, un delicioso bocado.

—¿Sabes cuál es mi parte favorita de este escrito?

—¿Cuál? —le digo mientras rozo el tenedor con mis labios.

—«Entonces mis manos buscan hundirse en tu pelo, acariciar lentamente la profundidad de tu pelo mientras nos besamos como si tuviéramos la boca llena de flores» —interrumpo y termino la línea—.

—«O de peces, de movimientos vivos, de fragancia oscura» —cierro los ojos mientras digo las últimas palabras.

Quedo en shock con la velada más seductora y poética que nunca nadie me ha brindado. La tensión entre Luca y yo se vuelve cada vez más palpable a medida que avanzamos en la velada. Las horas pasan en una mezcla de risas y silencios incómodos, y mientras el sol se pone más allá de la ventana, siento que hemos cruzado un umbral del cual no hay retorno. Cierro los ojos por un momento, intentando encontrar la calma en medio de la tormenta que se desata en mi interior. El juego que he comenzado parece haber cobrado vida propia, y ahora estoy en el epicentro de una tempestad de emociones inciertas. Poco a poco, copa tras copa, la conversación se torna más íntima y las miradas se vuelven cómplices. La atmósfera en el restaurante es cada vez más cálida, y nuestras risas resuenan en medio de la elegante decoración. Finalmente, decidimos retirarnos del restaurante y continuar la velada en el hotel de Luca. La expectación flota en el aire mientras salimos del restaurante y caminamos juntos hacia nuestro próximo destino. Las luces del pueblo destellan en la distancia, y no puedo evitar preguntarme hacia dónde nos llevará esta noche.

La lluvia comienza a caer, Luca se lanza de manera abrupta hacia mi y nuestros labios se unen en un beso ardiente. En ese instante, todo se comienza a desvanecer, y nos sumergimos en una mezcla de deseo. El aguacero cae y el mundo se reduce a la intensidad de ese beso. El dolor y la dulzura se entrelazan en una danza, y el instante efímero de ese beso se vuelve exquisitamente hermoso. Siento la respiración agitada de Luca en mi oído, pero algo en mí está inquieto, más allá del simple placer. La tenue luz que se cuela por la cortina se vuelve molesta, y mi mente se centra en el sonido rítmico de su respiración. No llego al clímax con Luca, quedo ahí, él agotado en un rincón, y yo perdido en otro, como si nuestro encuentro hubiera sido meramente físico, sin la pasión y la conexión profunda que experimente con Oscar.

La lujuria desenfrenada que comparto con él hasta que no pudimos más. Luca duerme a mi lado, y la sensación es extraña. Esto debería haber sido uno de esos momentos íntimos y sublimes que compartes con alguien que realmente te atrae. Pero en su lugar, me encuentro mirando fijamente por la ventana desde la cama, mientras el ladrido de perros distantes y los ronquidos de Luca cada vez son más fuertes. ¿Puede el cuerpo entregarse por completo a otra persona cuando el corazón y la mente están anclados en alguien más? Mis pensamientos vagan en la penumbra de la habitación mientras la piel de Luca aún se desliza junto a la mía. Me siento atrapado en una encrucijada, una amalgama de deseo y vacío que me embriaga. Su cuerpo descansa y mi mente no deja de dar vueltas.

Recuerdo la noche que pasé con Oscar, la pasión ardiente que compartimos, la forma en que nuestros cuerpos se fusionaron como si estuvieran destinados a hacerlo. Cuanto me toco la piel y se me erizó, cada beso, era un eco de nuestra conexión y el deseo que nos consumía. Y aquí estoy yo, compartiendo la cama con Luca, un hombre atractivo e inteligente, pero que no logra encender la misma chispa en mi interior. Me siento culpable por mis pensamientos, pero no puedo evitar comparar la experiencia con Oscar, con quien anhelo estar en ese momento. La pregunta que resuena en mi mente es si realmente puedo entregarme por completo a alguien cuando mi corazón aún late por otro. La duda me consume mientras observo la luz de la luna que se filtra por la ventana, tratando de encontrar respuestas en la oscuridad.

Puedes amar profundamente a otra persona, incluso a la distancia, sin necesidad de estar físicamente presente para entregar todo lo que sientes por ella.

8

HOMOIOPATHÉS

Entré en la oficina de la Dra. Margarita con un nudo en el estómago. Habíamos atravesado tantos desafíos en nuestro proyecto, y este era el momento crucial que tanto habíamos esperado. La Dra. Margarita levantó la vista de su escritorio, y su mirada llena de expectación me llenó de emoción.

—Buenas noticias, Evan, ¿cierto? —preguntó con una sonrisa.

Asentí con entusiasmo, apenas podía contener mi alegría.

—¡Sí, doctora! El proyecto continúa, y hemos asegurado fondos para llevar a cabo una película sobre la fauna y flora del desierto. Es una oportunidad emocionante para llevar nuestro trabajo a una audiencia más amplia y crear conciencia sobre la importancia de este ecosistema único.

La Dra. Margarita irradió alegría.

—Eso es maravilloso, Evan. Te felicito a ti y a todo el equipo por su arduo trabajo y dedicación. La difusión del conocimiento sobre nuestro hermoso desierto es esencial para su preservación.

Agradecí su apoyo con una sonrisa.

—Gracias, Dra. Margarita. Su apoyo ha sido fundamental para llegar hasta aquí. Ahora, estamos ansiosos por comenzar esta nueva fase del proyecto y seguir explorando la belleza y la biodiversidad del desierto.

La Dra. Margarita asiente con entusiasmo.

—Es un placer ver que los jóvenes como tú se comprometen con la conservación y la educación ambiental. Estoy segura de que esta película será un éxito y contribuirá en gran medida a nuestro trabajo. Cambiando un poco el tema, ¿cómo te sientes en el pueblo, aparte de todo el trabajo que hemos realizado?

—Me siento bastante bien. Pero quiero preguntarle algo que me atormenta día y noche. Alguien de tu sabiduría y experiencia seguramente tiene una perspectiva valiosa.

—Claro, Evan, adelante, pregúntame.

—¿Qué piensa del amor?

La Dra. Margarita inclina la cabeza, reflexiva ante mi pregunta sobre el amor. Su sabiduría es palpable, y sé que su perspectiva podría ofrecer una nueva visión.

—El amor, es un tema profundo, sumamente complejo que ha intrigado a la humanidad a lo largo de la historia. Tú como Historiador ya debes haberlo analizado. La gente vive por amor, mata por amor. Es como si el amor fuese un alimento que nutre el alma o que sin él, perdemos parte de nuestra vida. Es una fuerza poderosa que puede traernos alegría y felicidad, pero también puede causarnos dolor y sufrimiento. En mi opinión, el amor es un vínculo que conecta a las personas, que nos hace sentir vivos y nos impulsa a cuidar y proteger a quienes apreciamos. Es una de las experiencias más intensas y hermosas que podemos tener en la vida.

Hace una pausa y continúa.

—Sin embargo, el amor también puede ser complicado. Puede llevarnos a tomar decisiones difíciles y a enfrentar desafíos. A veces, nos encontramos en situaciones en las que debemos equilibrar nuestro propio bienestar con el de quienes amamos. El amor puede ser un faro que nos guía, pero también puede ser una tormenta que nos sacude. —sonríe amablemente—. Y siempre, pero siempre, el amor regresa. Cuando estés listo, te volverás a enamorar. Mientras tanto, puedes disfrutar de un buen vino y enamórate un poco más de ti mismo cada día.

—¿Puedes sentir algo por alguien y estar con otra persona como si nada? —pregunto, con una curiosidad que me consume.

—Desde la biología básica, sí, es posible sentir una

conexión con más de una persona. Nuestros corazones y emociones son complejos, y a menudo sentimos atracción o afecto por diferentes personas en momentos diferentes de nuestras vidas. Sin embargo, la ética y la moral también juegan un papel importante en nuestras relaciones. Es esencial ser honesto y considerado con las personas involucradas, y recordar que la comunicación abierta y el respeto son fundamentales en cualquier relación —se levanta para acercarse a mí, para mirarme fijamente a los ojos—. El amor es un territorio vasto y multifacético. Puede manifestarse de diversas maneras y no siempre sigue un camino lineal o predecible. Las relaciones humanas son complicadas, ¡vaya que sí! y las personas pueden tener conexiones profundas con más de una persona a lo largo de sus vidas. Lo importante es ser consciente de tus propios sentimientos, de respetar los sentimientos de los demás y siempre abogar por la honestidad. ¿Por qué me preguntas?

—Mera casualidad... —respondo, tratando de ocultar mi curiosidad—. ¿Sí estás soltero, es infidelidad?

—La verdad que no. La pregunta realmente no es si eres infiel a otro, la cuestión es, ¿eres fiel a ti mismo? Eso es lo que importa en esta vida, que tus decisiones nunca sobrepasen tus límites complaciendo a otros. O por simples impulsos.

La Dra. Margarita se levanta de su escritorio y me abraza para despedirse. Me susurra al oído: «La confusión es parte de la edad, calma, todo pasa. Tomarás la decisión que sea correcta cuando sea necesario. Mientras tanto, solo vive.»

A veces, en el enigmático juego del amor, vagamos perdidos, sin conocer las reglas, como sombras en la noche. En ocasiones, nuestras almas aún no están listas para enfrentar sus desafíos, y nos adentramos en sus misterios. El amor es un territorio vasto, un mar inexplorado, y en sus aguas profundas, nos sumergimos sin saber las mareas que nos deparan. Pero a pesar de la incertidumbre, de las reglas cambiantes y de los desafíos inesperados, el amor sigue siendo la melodía más dulce, la danza más hermosa, y cada paso, cada nota, merece la pena, porque es en el amor donde encontramos la esencia misma de nuestra existencia.

Luca me escribe para que nos veamos nuevamente, pero no me siento tan seguro de aceptar la salida. A pesar de la incertidumbre que me embarga, decido aceptar la invitación para volver a vernos. Sus palabras y su compañía me atraen de una manera que no puedo ignorar, y aunque la duda se apodera de mí, la curiosidad de descubrir más sobre él me impulsan a darle una nueva oportunidad. Me está sugiriendo vernos en el café la Luna. Estoy pensando seriamente en darle una oportunidad a Luca, quizá con él si valga la pena intentarlo.

Llego al Café, y al entrar, mi mirada se encuentra con Luca. Está vestido con una camisa blanca y un pantalón negro, luciendo unas botas negras que realzan su atractivo. Su cabello está ligeramente húmedo, lo que le confiere un aire de sofisticación. En ese momento, me siento como si estuviera frente a un modelo de alta costura, y no puedo evitar sentir una mezcla de atracción por su presencia.

Luca me indica que tome asiento con una sonrisa sugerente, y no puedo evitar notar la atracción que siento por sus labios, que me parecen increíblemente atractivos. Su cabello negro oscuro contrasta con su piel pálida, lo que lo hace aún más llamativo. Pedimos ambos un chai, y en un momento, rompe el silencio.

—La noche anterior fue maravillosa, fue inexplicable cómo se dio todo.

Asiento en acuerdo con su comentario.

—Pero debo decirte, es una lástima que me tenga que ir a Italia, y que nos hayamos conocido hasta ahora —se echa el cabello hacia atrás de manera coqueta—. Creo que podemos repetir antes de mi partida.

Siento un zumbido en mis oídos, y cierro los ojos momentáneamente, tratando de procesar la inusual noticia.

—¿Te vas? ¿Por qué no te quedas un tiempo más? —pregunto, incrédulo de lo que acabo de escuchar.

Luca responde de manera casual.

—Mi pareja me espera en Milán. Tenemos algunos asuntos que resolver.

—¿Pareja? ¿Tienes pareja? —mi sorpresa es evidente, y mi sonrisa de antes se convierte en una expresión desquiciada—.

No me dijiste que tenías pareja.

Luca, sin mostrar arrepentimiento, me dice.

—Nuestra relación es abierta, no te preocupes.

En un arranque de indignación, me levanto de la silla y le respondo.

—La noche no fue mala. Pero follas mal. Iba a darte una oportunidad para conocernos, pero no puedo estar con alguien que no valora a nadie más y es mentiroso.

—No te mentí. No preguntaste.

—Era tu deber avisar, nunca me dijiste nada —fastidiado de su cara, me levanto y digo—. Esto es una pérdida de tiempo.

Decepcionado y furioso, dejo el café. Caminando por las calles del pueblo, la brisa fresca acaricia mi rostro, pero mi interior sigue ardiendo de enojo. Cada paso me aleja de Luca y de lo que parecía una prometedora conexión, y mis pensamientos están enredados en un absurdo malentendido por mi parte. El pueblo, que suele parecerme tan encantador, ahora se siente sombrío y solitario. Mientras pienso sobre el efímero y voluble juego del amor, llego al bar de Cosmo. Al entrar, escucho el murmullo de las conversaciones y el suave tintineo de los vasos. Cosmo me recibe con una sonrisa y me saluda. Me siento en un taburete, esperando que las palabras duras que está acostumbrado a decirme me ayuden a aliviar la desazón que siento. El bar, con sus maderas desgastadas y su iluminación tenue, se convierte en un refugio donde puedo ahogar mis penas y encontrar un respiro. Pido un whisky tratando de encontrar algún consuelo en medio de la desilusión. Siento que un nudo en mi garganta comienza a deshacerse a medida que el calor del whisky se expande por mi pecho. A pesar de que Cosmo suele ser bastante crudo en sus palabras, su compañía se ha vuelto familiar venir a debatir un punto de vista que tengo. Mientras miro el líquido dorado en mi vaso, noto las conversaciones en las mesas cercanas, y la música suave de fondo añade una capa de nostalgia al ambiente. Es en este rincón de tranquilidad donde puedo comenzar a procesar otra decepción y esta vez por Luca y por mí mismo, por haberme dejado llevar por una ilusión que no era real. Cada sorbo de whisky es como una bocanada de valentía, una especie de consuelo que me ayuda a sobrellevar el mal rato. Mientras la noche avanza, me sumerjo en mis pensamientos, tratando de comprender cómo llegué a este punto. La voz de Cosmo, áspera, corta a través del cargado humo en el bar. Sus palabras, aunque crudas, llevan una profundidad.

—¿Decepcionado? —pregunta Cosmo, observándome con sus ojos escudriñadores.

—Diría estafado, mejor dicho —mi voz lleva un toque de amargura.

—¿A alguien como tú le estafan? —Cosmo frunce el ceño, como si no pudiera creerlo.

—No tengo nada de especial, Cosmo —mis palabras suenan derrotadas.

—Digo, y ¿qué te han robado? —pregunta colocandose la toalla con la que limpia las tasas en el hombro.

—La dignidad —murmuro, sintiendo el peso de la deshonra.

—Nadie puede arrebatarte lo que es tuyo, lo que es profundamente personal. Intentar convencerte de lo contrario es una artimaña, pero ten en cuenta que el poder de proteger tu dignidad reside en tu interior. No es algo que puedan quitarte, a menos que tú mismo lo permitas. Tu dignidad es un tesoro que se cultiva desde adentro, una fuerza que nadie más puede controlar. Así que, en última instancia, eres el guardián de tu propia integridad.

Me quedo en silencio, asimilando sus palabras. —Entonces, ¿qué haces cuando pensaste que con alguien era un lugar seguro y solo te mintió para aprovecharse de ti? —pregunto, sintiéndome vulnerable.

—¿Por qué se aprovecha? Tú querías, tú accediste, tú quisiste, ¿de qué te arrepientes? —me dijo el viejo Cosmo, en un tono duro, mirándome fijamente.

—Sí yo he accedido, pero no es para que un patán me folle y después me salga que tiene pareja, pues hombre, que no, que está muy mal —respondo con indignación.

—¿Y ahora te vas a impresionar de que hay gente de mierda en este mundo? —me espeta Cosmo, con un toque de desencanto en su voz—. Evan, la verdad es que el mundo está lleno de bastardos. Y si no aprendes a ser más astuto y a cuidarte, te seguirán pisoteando. La única persona en quien puedes confiar por completo eres tú mismo. Deja de lamentarte por lo que pasó y comienza a aprender de tus errores. ¿Hasta cuándo seguirás quejándote del mundo en lugar de asumir la responsabilidad por las cosas que suceden en tu vida?

—¿Qué hago?

—Pues ya te follo, no puedes hacer nada, más que seguir adelante. Evan reflexiona, porque en la vida, las respuestas no siempre son tan evidentes como quisiéramos. En esos momentos, cuando te sientes herido, parece que todo está perdido. Pero la realidad es que el sufrimiento es como un vaso de licor amargo que se torna más suave con el tiempo. Un sorbo de rabia, otro de reflexión, y finalmente, un trago profundo de trabajo en uno mismo. Entonces, como el licor, la amargura se desvanece y la vida fluye nuevamente. Pues hombre mira, que no durare toda una vida. La búsqueda del amor a menudo se asemeja a perseguir mariposas escurridizas. Cuanto más intentas atraparlas, más se escabullen. Deja de perseguirlas frenéticamente y observa cómo se posan suavemente a tu alrededor cuando menos lo esperas. En la quietud de tu mundo, encontrarás una mariposa que sanará las cicatrices de tu alma. La paz llega cuando dejas de buscarla ansiosamente y permites que el universo te ofrezca sus dones en su propio tiempo.

Me encuentro saliendo del bar, aún con las palabras de Cosmo resonando en mi mente. Mis pensamientos están llenos de rabia, confusión y dolor, y apenas noto el mundo que me rodea. Entonces, en medio de la oscuridad y el ruido de la noche, me topo con Oscar. El encuentro es brusco, tenso. Nuestras miradas se cruzan y un escalofrío recorre mi espalda.

—Evan... —susurra Oscar.

—Hoy no, Oscar. No es el momento —respondo con un tono firme, aunque en mi interior la confusión sigue siendo abrumadora.

—¿Ha ocurrido algo? —pregunta, buscando respuestas en mis ojos.

—Estoy harto de hablar con perdedores, es solo eso —mi voz suena áspera, cargada de frustración.

—¿Y yo soy uno? —Oscar titubea, sus ojos revelando su propia confusión.

—Adiós, Oscar. —Con esas palabras, me alejo, dejando atrás un encuentro lleno de tensión y preguntas sin respuestas. Mis pasos retumban en el silencio de la noche, mientras sigo adelante en busca de respuestas y la paz que tanto anhelo.

El amargo sabor de la tensión con Oscar aún persiste en mis labios mientras regreso al hotel. En mi habitación, la pantalla del portátil me recuerda a mi universidad con un correo que me hielo la sangre: «La revocación inminente de tu licencia, en caso de que no retomes tu labor de manera inmediata». Es difícil de creer que una institución a la que he dado tanto pueda ser tan despiadada. La sensación de que el trabajo nunca es lo suficientemente apreciado y que siempre somos reemplazables me invade, dejándome con una mezcla de enojo y desesperación. Es hora de tomar decisiones difíciles y afrontar la desconexión con Oscar, pero también enfrentar la posibilidad de perder mi licencia y el significado que le he dado a mi vida.

La vida, como una sinfonía, no se compone únicamente de notas alegres. En algún momento, las melodías tristes también encontrarán su resolución. Porque nada en este universo es eterno, ni la adversidad ni la dicha. En medio de la tormenta, recordemos que, al final, siempre llega la calma.

9

DESCONEXIÓN

—Violeta, siento que todo se escapa de mis manos. Oscar no resultó ser lo que había imaginado. Luego conocí a otro chico, Luca, quien resultó tener pareja sin mi conocimiento. Además, la universidad me ha contactado, emitiendo amenazas de revocar mi licencia.

—Es natural que te sientas abrumado, Evan. En momentos como estos, es fundamental recordar que no podemos controlar todas las circunstancias que nos rodean. ¿Qué te gustaría hacer al respecto?

—No sé, en serio, no sé. —digo estas palabras, sumergido en mis pensamientos, mientras exploro los abismos de mi propio ser en busca de respuestas en medio de la oscuridad que me rodea.

—Eso es comprensible. La indecisión es una parte normal de la vida, especialmente cuando enfrentamos situaciones desafiantes. ¿Quieres hablar más sobre lo que estás sintiendo?

—Cada día parece más complicado. Las relaciones que creía que podían ser sólidas se desmoronan, y la presión en la universidad se intensifica. Me encuentro en un cruce de caminos, sin un mapa claro que me indique el camino a seguir. La incertidumbre se cierne sobre mí como una nube oscura, y la única certeza que tengo es que debo encontrar una manera de lidiar con todo esto. Después siento que voy bien, que tengo todo bajo control, que puedo con todo.

—Nada puede ser más complicado de todo lo que has vivido, lo que has superado y sigues aquí. Otro ya hubiera colapsado. —Violeta pronuncia estas palabras con calma y empatía, recordándome mi propia fortaleza.

—¿Cuándo sanó? ¿En qué momento me doy cuenta de

eso? ¿Será que alguna vez podré encontrar la respuesta en medio de este laberinto de emociones, que llamamos vida? ¿Cómo se supera algo tan abrumador? ¿Cuándo aprenderé a lidiar con todo lo que ha pasado? —las preguntas se amontonan, sin respuestas a la vista, y mi confusión se hace más profunda a medida que me sumerjo en este abismo.

—Ya lo estás haciendo, Evan. Esto es la vida. ¿Cuándo aceptarás que no hay un punto de referencia claro para saber si estás sanando o no? Lo importante no es necesariamente ser feliz en todo momento; lo importante es continuar viviendo, seguir adelante a pesar de las dificultades y las heridas. La vida está llena de altibajos, y a veces, simplemente vivir es un logro en sí mismo. No puedes cambiar las cosas que nos ocurren, pero puedes mejorar tu respuesta ante cualquier evento. Y si un día no respondes como quieres, no significa que no vayas por el buen camino.

—Apenas escuché que Luca tenía pareja, me enfadé, me levanté y me fui. Quisiera que nada de eso repercuta en mi estado.

—¿Tú crees que yo no me molestaría si un tipo con el que estuve me dice luego que tiene pareja? Soy humana, me enojaría y lo mandaría por un tubo. Eso hacemos los humanos molestos; tenemos reacciones impulsivas. Tú no eres la excepción.

—Pero, al menos, deseo poder reconocer cuándo estoy avanzando o si sigo estancado en el mismo punto —le digo a Violeta, buscando algún indicio de claridad en medio de la confusión.

—Cuestionarte todo es un buen punto de inicio. No te enfoques en si estás avanzando o no. Enfócate mejor en disfrutar el momento, en llorar lo necesario. La vida es una constante de cambios, y no se detiene porque quieras analizar si vas por el camino correcto. ¿Comprendes?

—Dame la respuesta de ¿cómo no frustrarme en el proceso y continuar en medio de todo?. Dime la respuesta…

—La respuesta… —queda paralizada la pantalla del

monitor con la cara de Violeta.

—¿Hola? ¿Violeta? ¡Mierda!

Una oleada de frustración se apodera de mí en este preciso instante. La conexión a Internet falla, dejándome atrapado y sin la posibilidad de liberar las preocupaciones que llevo dentro. La frustración es palpable, una manifestación de mi deseo desesperado de encontrar alivio en medio de las abrumadoras luchas que enfrento. Con un suspiro de exasperación, intento reconectar la llamada con Violeta. La pantalla de mi monitor permanece inmóvil, mostrando el rostro congelado de mi terapeuta. Repito su nombre varias veces, en un intento desesperado por recuperar la conexión, pero no hay respuesta. La impotencia crece en mí, y siento que estoy atrapado en un limbo. Mirando la pantalla, me doy cuenta de cuánto anhelo la guía y el apoyo de Violeta en este momento de agitación. La terapia ha sido mi refugio durante años. Decido apagar la computadora y, con un suspiro, me recuesto en mi silla. Cierro los ojos y respiro profundamente, intentando encontrar algo de calma en medio del caos. La vida me ha lanzado un desafío tras otro, y esta interrupción tecnológica es solo una cosa muy pequeña para mí. En mi mente, repito las palabras de Violeta: «La vida está llena de altibajos, y a veces, simplemente vivir es un logro en sí mismo». La reconexión con la terapeuta tendrá que esperar, pero estoy decidido a encontrar una forma de seguir adelante, incluso si es solo un pequeño paso a la vez. Me doy cuenta de que no tengo el control absoluto sobre nada, ni siquiera sobre mis propias decisiones. La vida parece susurrarme constantemente: «Deja de aferrarte al control».

Así que aquí estoy, aprendiendo a soltar las riendas y aceptar la incertidumbre que rodea cada paso que doy. Me doy cuenta de que no puedo dirigir todos los aspectos de mi vida, pero lo que puedo controlar son mis acciones y reacciones. Aunque en este momento me siento perdido, ¡Dios que caos de vida! La vida es un maestro caprichoso, y en lugar de resistirme a sus lecciones, por esta vez voy a decidir aprender de ella. Tal vez, al liberar la necesidad de control absoluto, descubra un camino más auténtico. En este momento, me rindo ante la sabiduría de la vida.

Comienzo a redactar una carta contundente al departamento, destacando mi valioso aporte a la institución, al país y, sobre todo, al departamento. No dejaré por ningún segundo mi cátedra, ya que mis compañeros, lamentablemente mediocres, parecen cuestionar mi capacidad para seguir de licencia. No toleraré esta situación, y esta será la carta más enérgica que jamás haya escrito. En cada palabra que plasmo en el papel, mi determinación se refleja.

Detallo mis años de servicio, mis contribuciones a la universidad y mi dedicación a la educación. Subrayo mi compromiso inquebrantable de seguir en mi puesto, a pesar de las dudas de algunos. La carta se convierte en un testimonio de mi pasión y dedicación a mi labor docente y a mi comunidad. Cada frase que escribo es una declaración de que no permitiré que los obstáculos me aparten de mi camino. Mi voz, firme y decidida, salta de las páginas, exigiendo el reconocimiento que merezco. A medida que sello la carta, siento que he dejado claro que no cederé ante la mediocridad de aquellos que dudan de mí. Mi cátedra es mi vida, y defenderé lo que es correcto con cada fibra de mi ser.

La notificación del mensaje de Oscar aparece en mi pantalla mientras estoy enviando la carta al departamento. La ironía del momento no se pierde en mí: mientras estoy defendiendo mi posición en la universidad, me enfrento a una solicitud de conversación de quien, en cierto momento, se ha convertido en una complicación en mi vida. Una mezcla de emociones me embarga: sorpresa, curiosidad y, en cierta medida, aprehensión. Dudo si debería responder inmediatamente o dejarlo esperando, pero finalmente decido contestar.

—¿Hablemos? ¿Dónde y cuándo? —escribo en respuesta a su mensaje

Oscar propone el Café La Luna para nuestra conversación. El nombre del lugar me trae recuerdos, algunos agradables y otros que preferiría olvidar. Aunque dudo un momento, finalmente accedo.

—De acuerdo, te veré allí. A las 3:00 p. m. —respondo antes de guardar mi teléfono y dejarlo a un lado.

Mi mente divaga mientras leo un libro, preguntándome por qué estoy aquí, esperando a alguien que ha sido una fuente constante de conflicto y confusión en mi vida. Cuando por fin alzo la vista, lo veo entrar al café.

—Hola Evan —saluda mientras se acerca a mi mesa.

No respondo de inmediato. Observo su rostro y pienso en todas las malditas veces que nuestras miradas se cruzaron, en los malditos momentos fugaces que compartimos y que dejaron una huella en mi mente. ¿Por qué sigo sintiendo esto? ¿Por qué no puedo simplemente dejarlo atrás?

—¿Dime qué deseas hablar? —mi voz suena más fría de lo que esperaba. Estoy decidido a mantener mi distancia, a no permitir que entre de nuevo en mi vida y cause más confusión.

Oscar irrumpe en la conversación con una pregunta inesperada. Mi mente se llena de pensamientos contradictorios mientras intento asimilar lo que dice. —¿Cómo has estado? —me pregunta, con una expresión que no puedo descifrar.

—Bien, mejor que nunca desde que no estás cerca —digo con un toque de amargura en mi voz, incapaz de ocultar mi resentimiento.

—Me contó la Dra. Margarita que el proyecto continuará, ahora en forma de película, y que espera contar con el equipo completo lo más pronto posible. Espero sinceramente que nuestras diferencias no afecten el éxito del proyecto.

—No tengo ninguna diferencia contigo, no eres nadie, no

fuimos nada, me das igual, guapo. ¿Qué creíste?

—Pero tú me diste tiempo y ya estoy listo.

—Ja ja, mierda, ¿eres así de cínico siempre? Me follas, me dejas de hablar y luego me buscas cuando tus huevos te lo dicen. Estás mal, solo quiero que estés muy, pero muy lejos de mí.

Oscar parece sorprendido por mi reacción, pero no intenta disculparse. En cambio, suspira y asiente, aceptando mi rechazo.

—Está bien, Evan. Entiendo tu frustración. No te buscaré más, si eso es lo que deseas. Que te vaya bien —se levanta de su silla, y me mira sin decir una palabra.

—¿Te gustaría ir a mi hotel? —digo con una mirada sugestiva en mis ojos, decidido a darle una probada de su propia medicina y poner fin a todo entre nosotros.

Oscar me mira con sorpresa, sin estar seguro de si mi oferta es una broma o una propuesta genuina. Su respuesta es una mezcla de incredulidad y confusión mientras se recarga contra la mesa.

—¿A tu hotel? ¿Qué diablos estás pensando? —suspira Oscar, buscando entender mis intenciones detrás de esas palabras.

—Bueno, si no quieres, tranquilo. No te rogaré —le respondo con indiferencia—. Pero creo que valdrá la pena si vas.

—Vamos —Oscar responde, siguiéndome mientras nos dirigimos a la salida del café.

Nuevamente me encuentro en mi habitación junto a Oscar. Nos vamos quitando la ropa lentamente, miradas llenas de deseo, hasta terminar besándonos con desesperación en mi cama. Poco a poco, le beso el pecho y el cuello, sintiendo cómo aumenta la tensión. Terminamos abrazados en mi cama, compartiendo besos apasionados mientras las almohadas caen al suelo.

No podía parar, estaba cansado, pero me gritaba que

continuará. «Eres lo mejor que me ha pasado». Me repetía una y otra vez. ¿Cómo se puede sentir tantas cosas en tan poco tiempo, y sentir que el tiempo se detiene? Ansiaba contemplar su rostro, deseaba sentir el roce de su piel y dejar que nuestra sed de carne fluyera. Después de horas sudando y agitados, cuando él se corrió, liberé líneas de esperma en su estómago y luego exprimí las últimas gotas muy dolorosas de mi orgasmo.

Se queda rendido acostado boca abajo, y puedo observar su monumental figura. La luz se cuela por la ventana, marcando su espalda, hasta perderse en su trasero. Yo, a su lado, admiro su silueta. Una pregunta surge en mi mente: ¿Y si me quedo? Quizás esta vez él lo intente. Justo en ese momento, suena una llamada en su móvil, y la duda me consume. Contesto la llamada con cierta ansiedad.

—¿Hola? —digo y escucho una respiración agitada al otro lado de la línea.

—Hola, soy Arturo, el novio de Oscar, ¿tú eres?

—Soy Evan, un gusto. Ya te envío a Oscar directamente a tu casa, esperalo —respondo con una pasión apenas contenida antes de colgar la llamada. Mis ojos están llenos de lágrimas y una ira ardiente me consume por dentro.

Lo levanto de inmediato y arrojó su teléfono a la cama. Mi voz muestra frustración y enojo cuando le pregunto: «¿Quién es Arturo?». Sin esperar su respuesta, agregó con determinación, «Sabes qué, no me digas. Solo lárgate de mi habitación en este preciso momento».

—Te puedo explicar solo calmate.

Mis ojos reflejan mi ira enloquecida mientras le respondo: —No quiero saber, gordo. Quiero que te vayas. O llamo a seguridad —la ira sigue pulsando en mis venas, pero mi voz es fría y decidida—. Levántate, ponte tu maldita ropa y lárgate. Olvídate de mí, por mi entiérrate vivo.

—Tienes que calmarte, estás loco, relájate y escuchame.

—No me conoces —me rio desquiciadamente—. No me conoces en absoluto. Es mejor que te vayas ya. Yo soy el mismo demonio. Soy capaz de cosas que ni siquiera has imaginado. No me retes, simplemente lárgate —mi risa suena más desquiciada, y mis ojos reflejan una locura temporal que se ha apoderado de mí. La determinación de expulsarlo de mi vida es inquebrantable, y mi voz suena más fría y peligrosa de lo que jamás imaginó.

Oscar finalmente se da cuenta de que no puedo ser persuasivo en este momento y, temeroso por mi comportamiento, empieza a vestirse apresuradamente. Aún trata de hablar, disculparse o explicar, pero mis palabras y mi risa le han dejado claro que estoy en un estado de locura temporal.

Mientras Oscar se apresura a vestirse, miro por la ventana de mi habitación y observo de reojo cómo abandona la habitación sin mirar atrás. Mis emociones han sido sustituidas por una especie de furia, una mezcla de rabia y desesperación que me consume. Estoy solo, empapado en sudor y con el corazón latiendo a toda velocidad.

Me encuentro lamentando mi decisión. Simplemente debí haber sido claro en el café y después regresar a dormir. Pero no, me aventuré en una situación que solo ha traído más dolor. ¿Por qué diablos intenté ser como ese imbécil?

Siempre seré un extranjero en el corazón de la persona incorrecta.

En medio de la penumbra de la madrugada, mis lágrimas brotan con la intensidad de un río desbordado. La experiencia de esta noche sigue atormentándome, como una herida que se niega a cicatrizar. Sueño con mi madre. En ese sueño, mi madre, mi santa madre, me visitó de una manera tan asombrosamente real que las fronteras entre lo onírico y lo tangible se desvanecieron por completo. En ese lugar etéreo, siempre la veo en una casa, diferente a la suya, un lugar más iluminado y apacible.

No hay conversaciones sobre la muerte; en cambio, solo se teje un diálogo de amor, un relato de todo lo bueno que la vida me reserva. Cuando le pregunto si se quedará, su respuesta llega como un bálsamo al alma: «Todo estará bien, mi niño». Estas palabras, impregnadas de una calma celestial, son como promesas susurradas por la eternidad misma.

Sus caricias en mi rostro, su mirada llena de amor maternal, son testigos de un reencuentro que trasciende el tiempo y el espacio. La línea entre el reino de los sueños y el despertar se desdibuja, y me sumerjo en una dulce agonía de nostalgia y esperanza. Una pregunta inunda mi mente: ¿es posible que la vida y la muerte estén más entrelazadas de lo que imaginamos? Estas visitas oníricas de mi madre me sumen en la duda y, al mismo tiempo, en la certeza de que el amor perdura más allá de la existencia terrenal.

Una nueva mañana se despierta, con el sol colándose tímidamente por las cortinas de mi habitación. Las lágrimas que he derramado durante la noche, como un río de emociones incontenibles, comienzan a evaporarse lentamente. La tristeza que me envolvió en las horas oscuras de la madrugada se retira, dejando un regusto amargo y, al mismo tiempo, una extraña sensación de alivio. Con un suspiro profundo, me levanto, sintiéndome agotado por la tormentosa noche. Hoy tengo una reunión importante con la Dra. Margarita para coordinar todo lo relacionado con el nuevo proyecto. Aunque mi mente sigue cargada de pensamientos sobre mi madre y el enigmático sueño de la noche, debo concentrarme en los asuntos laborales que requieren mi atención. La vida sigue su curso, y debo seguir adelante.

—Hola Evan, hijo, ¿cómo estás? —me recibe la Dra. Margarita con una cálida sonrisa.

—Estoy bien —le respondo, aunque mis ojos reflejan una tristeza que no puedo ocultar.

—¿Tienes algo? —me mira con preocupación, como una madre que percibe que su hijo no está bien.

—Todo bien, Dra.

—Creo que estás escondiendo algo, hijo —insiste con gentileza.

—Solo soñé con mi madre, y los días así me pongo nostálgico. Fue tan real, que sentí que iba a estar al despertar.

—Es normal que te sientas así, Evan. Incluso yo, a pesar de triplicar tu edad, sigo llorando algunos días por mis padres. Extrañar a quienes hemos perdido es una parte natural del proceso de duelo. No tienes por qué ocultar tus emociones. Esas lágrimas y esa nostalgia son legítimas.

—Pero se sintió tan real.

—Es que fue real. Esa sensación de realidad en un sueño puede ser muy poderosa, pero también es común. A veces, nuestros sueños nos permiten experimentar momentos y emociones de una manera muy vívida.

—¿Cómo? ¿Puede ser real? —mi voz revela mi asombro y curiosidad.

—Como bióloga, podría proporcionarte una explicación puramente biológica de la muerte y el proceso del duelo. No obstante, como ser humano, te diré que yo creo en la existencia de un lugar donde nuestros seres queridos pueden estar, en una especie de llamado espiritual. Según mi creencia, cuando alguien parte, su energía y presencia se conectan con la naturaleza y pueden comunicarse con nosotros. Ya sea a través de sueños, personas, experiencias o incluso momentos especiales, como una lluvia o la aparición de un animal. Sobre todo los sueños son como ventanas a nuestro subconsciente.

Pueden reflejar nuestros deseos, temores, recuerdos y emociones más profundas. En ciertas ocasiones, cuando soñamos con seres queridos que han partido, es como si sus energías o memorias estuvieran presentes en ese momento. Los sueños pueden ser una forma de sanación, de procesar el duelo y de sentir la presencia de quienes ya no están físicamente con nosotros. No importa si los vemos como simples sueños o como algo más, lo importante es que pueden traer consuelo y ayudarnos a lidiar con la pérdida.

—De cierto modo, sabía que era un sueño, pero eso no impidió que la abrazara con fuerza y le dijera cuánto la amaba. Fue como un hermoso regalo, un instante de felicidad que no quería dejar ir. La extraño tanto, Dra. Margarita.

La Dra. Margarita asiente con comprensión y noto sus ojos lagrimear.

—Es completamente natural extrañar a alguien a quien amas con todo tu ser. Esa ausencia se siente como un agujero en el corazón, una herida que nunca termina de sanar por completo. Pero, Evan, es crucial que recuerdes que el amor que compartiste con tu madre es eterno. Aunque ella haya partido físicamente, su esencia, su amor, siguen vivos en tus recuerdos y en tu corazón. Puedes honrar su memoria de muchas maneras, a través de tus acciones, tus pensamientos y, sobre todo, manteniendo viva su influencia en tu vida —me tiende su mano en un gesto de apoyo, y su contacto es cálido—. No estás solo en lo que sientes. Todos llevamos nuestras propias cargas de tristeza y pérdida. Y aunque el tiempo no puede borrar completamente ese dolor, nos brinda la oportunidad de aprender a convivir con él, de hallar formas de llevarlo como parte de nosotros.

Me estremezco al notar las lágrimas en los ojos de la Dra. Margarita. Su empatía me conmueve profundamente.

—Gracias, Dra. Margarita. Sus palabras significan mucho para mí. Sé que el tiempo no borrará la tristeza, pero estoy decidido a encontrar formas de vivir con ella.

Mientras me seco las lágrimas de los ojos con el brazo, decido cambiar el rumbo de la conversación.

—En realidad, hay algo que quería discutir con respecto al equipo que me acompañará en este proyecto, especialmente en lo que respecta a Oscar. No me siento cómodo trabajando con él y preferiría un cambio.

—Pensé que tenían una buena relación; el proyecto anterior fue un éxito gracias a su colaboración. ¿Ha ocurrido algo en particular?

—Nada en concreto, simplemente siento que es hora de un cambio de equipo. ¿Qué opina de Rosa como reemplazo?

—Está bien, al final es tu proyecto, solo colaboró. Cambiando el tema los equipos ya los solicitaste, aquí te tengo algunos libretos sobre los lugares y las escenas que tomaremos, las referencias están al final de cada texto, para cuando te reúnas con el productor.

—Muchas gracias por su apoyo, y sobre todo por su comprensión.

—No tienes que agradecer, Evan. Estoy aquí para apoyarte en todo momento, tanto en lo profesional como en lo personal. Si necesitas hablar o tienes alguna inquietud, no dudes en buscarme. Estoy para escucharte y ayudarte en lo que necesites.

Nunca olvidaremos a aquellas personas que nos dieron todo, que nos amaron incondicionalmente y que nunca nos dejaron caer.

10

¿DE NUEVO?

Me siento solo en mi rincón habitual del bar de Cosmo. Ha sido un día agotador y necesito un trago para relajarme. La penumbra del lugar, con su abrazo silente y misterioso, se entrelaza con el suave murmullo de la gente. Cada rincón del bar de Cosmo está impregnado de historias, susurros y secretos. Las sombras bailan al ritmo de las luces que parpadean, cómo si bailaran un vals, y el ambiente se vuelve un lienzo en blanco para la reflexión. Es en esta semioscuridad que busco refugio de las agitaciones del día, donde los pensamientos se despliegan como estrellas en una noche despejada. Por un instante, el mundo exterior se disuelve, y solo quedamos yo y mi vaso. El cristal fresco al tacto, como la promesa de una conversación pendiente, contiene un licor ambarino que se desliza con la elegancia de una confidencia al oído. Las risas y las conversaciones ajenas crean una sinfonía caótica, un telón de fondo que enmarca mis pensamientos. Pero justo cuando estoy a punto de perderme en mis pensamientos, un desconocido se sienta a mi lado. Es un hombre de mediana edad con una mirada penetrante y una sonrisa amable en el rostro. Cabello largo castaño, con unos rizos bastante ligeros y elegantes, unos ojos verdes profundos. Alto y con un físico bastante tonificado, tatuajes por doquier, que lo hacen parecer interesante. Lo miro por un momento antes de volver a centrar mi atención en mi bebida.

—Buenas noches —me saluda el desconocido.

Asiento en respuesta, sin apartar la mirada de mi vaso. Pero el hombre no parece dispuesto a rendirse.

—Espero que no te moleste que me siente aquí. A veces, las conversaciones con desconocidos pueden ser las más interesantes.

Finalmente, lo miro.

—No me molesta, pero no garantizo que la conversación sea interesante.

El hombre sonríe de nuevo y extiende su mano.

—Me llamo Rafael.

Estrecho su mano, y noto un acento peculiar en su voz.

—Soy Evan. ¿Portugués? —pregunto, tratando de discernir la procedencia de Rafael.

—No, soy de Brasil. ¿Y tú, eres de este pueblo? —pregunta Rafael con interés.

—Creo que soy de donde me sienta cómodo —respondo, sumiéndonos en una conversación de corte filosófico en medio de la penumbra del bar. Rafael asiente con aprobación, y la charla entre dos desconocidos comienza

—¿Por qué el desierto? —pregunta Rafael con curiosidad.

—Realmente hubiese sido el lugar, donde pudiese encontrarme a mí mismo —mi voz se llena de un matiz nostálgico.

—¿Te has encontrado aquí? ¿Es cierta la magia que cuentan de Atacama? —pregunta Rafael, sus ojos centelleando con interés.

—Estoy sobreviviendo y creo que es lo que cuenta. —respondo mirando mi vaso—. Es difícil de explicar, pero el desierto tiene una cualidad única que te permite sumergirte en tu propia introspección. La soledad y la vastedad del paisaje te hacen confrontar aspectos profundos de ti mismo. En cuanto a la magia, tal vez no sea magia en el sentido tradicional, pero hay algo indescriptiblemente especial en este lugar. Cada rincón, cada sombra, cada rayo de sol parece tener una historia que contar. Es como si el desierto hablara a través de su silencio.

Rafael escucha atentamente mis palabras, su rostro

reflejando una sincera admiración por lo que comparto. La penumbra del bar parece acentuar la intensidad de nuestra conversación.

—Es curioso, ¿verdad? Cómo un lugar puede tener un impacto tan profundo en nuestra alma. A veces, en medio de la inmensidad de la naturaleza, encontramos una pequeña parte de nosotros mismos que habíamos olvidado. —Rafael responde con una expresión reflexiva—. ¿Para qué quieres encontrarte?

—Creo que todos buscamos diferentes cosas en la vida. Algunos buscan respuestas, otros buscan paz. En mi caso, creo que estoy tratando de encontrarme a mí mismo, entender quién soy realmente y cuál es mi lugar en este mundo. El desierto, con su inmensidad y su silencio, me brinda el espacio para explorar esas preguntas. Y tú, ¿qué buscas aquí en Atacama?

—Para qué complicarse buscando algo de ti, si solo podemos vivir.

—A veces, experiencias aterradoras nos cambian la vida y nos hacen perder de vista nuestro rumbo.

—¿Qué importa si vamos del norte al este y, a veces, debido a obstáculos, nos dirigimos del sur al oeste y cambiamos nuestro rumbo en el camino?, y así una y otra vez.

Lo observo detenidamente, sus ojos centelleantes reflejan la luz tenue del bar, y su mirada parece cargada de historias sin contar. Con cuidado, lleva el limón a sus labios, su lengua se desliza por la fruta, y un gesto de placer cruza su rostro mientras extrae el jugo. Luego, de un trago rápido, se toma el tequila, con un movimiento fluido y seguro. La combinación de sabores en su boca parece provocar una danza de sensaciones, y su expresión revela un atisbo de pasión oculta bajo la superficie serena.

—¿Dirás que todo ya está escrito, y que sucederá lo que tenga que suceder?

—No necesariamente todo está escrito —Rafael se toma

un momento antes de responder—. Puede que, en cierta medida, lo que tenga que pasar, pasará. No podemos controlar cada detalle de nuestras vidas, pero sí podemos decidir cómo enfrentar lo que nos ocurre. La vida es un equilibrio entre lo que está fuera de nuestro control y las decisiones que tomamos. En última instancia, es nuestra reacción ante las circunstancias lo que define nuestra experiencia.

—No me has respondido aún, ¿qué te trae por aquí, al otro lado del continente? —insisto, con una chispa de curiosidad en mis ojos.

—Tienes razón, no he respondido. ¿Sabes? Yo simplemente sigo el viento —su voz suena tranquila pero llena de misterio.

—No creo que esa sea la respuesta, ¿te haces el interesante? —le digo mientras veo como se acaba mi trago.

—Entonces, tu te haces él interesante, cuando me respondiste, que no eres de ningún lugar.

—No, es diferente —respondo, sintiendo cómo la conversación se adentra en terrenos intrigantes.

—¿Por qué? Entonces yo soy igual de interesante que tú.

Una risa escapa de mis labios, y mi rostro se torna ligeramente sonrojado mientras le pido otro trago a Cosmo.

—Tienes un punto —admito, esbozando una sonrisa cómplice—. Supongo que todos llevamos algo de misterio en nuestras almas. Y sí, a veces seguimos al viento, pero también perseguimos a las estrellas.

Rafael se inclina ligeramente hacia un lado, y sale una hoja de papel que se desliza inesperadamente de la chaqueta y cae sobre la mesa, donde yace vulnerable. Sin pensarlo dos veces, la recojo y la sostengo entre mis manos, sintiendo la textura frágil y notando las palabras escritas en ella. La hoja parece un portal a un pasado desconocido y a un enigma que espera ser desvelado. La mirada de Rafael me atraviesa como si esperara una reacción específica, como si esta hoja tuviera un propósito especial en nuestro encuentro. Las palabras escritas en la hoja, «El amor que damos es el único amor que conservamos», parecen resonar en el aire, llenas de significado. Rafael me mira con curiosidad, como si estuviera evaluando mi reacción ante esa cita. Reflexiono por un momento, y luego asiento.

—Elbert Hubbard, ¿te gusta? —me dice, asiento y sonrío levemente, intrigado por la cita y el giro que está tomando nuestra conversación.

—Sí, me gusta. Es una cita que invita a pensar mucho. El amor es un regalo que damos, y a menudo, es el mayor tesoro que podemos conservar. Las palabras de Hubbard nos habla de la importancia de dar amor sin esperar nada a cambio. ¿Tiene algún significado especial para ti?

Rafael parece considerar mi pregunta por un momento antes de responder.

—Realmente no creo mucho en lo que dice la frase. Me la regaló una amiga con la intención de que la aplicara, pero en mi perspectiva, veo el amor como un gesto desinteresado. De vez en cuando, damos sin esperar nada a cambio, y otras veces recibimos sin haber dado directamente. Creo que el amor es un sentimiento mucho más complejo y matizado que lo que sugiere esa frase.

—¿Y si diste todo de ti? ¿Te quedas allí, aunque el otro no dé nada, y tú te desgastes en un barco donde solo rema uno? —me comienzo a alterar un poco su perspectiva.

—Bueno, si uno da todo de sí mismo y no recibe nada a cambio, puede ser doloroso, de igual manera es una elección personal. Al final del día, el amor no debería ser una transacción o un trueque. Dar sin esperar algo específico puede ser una forma hermosa de amor incondicional. El verdadero regalo radica en la acción de dar, no en lo que se recibe a cambio. Uno no puede arrepentirse por haber dado lo mejor por las personas equivocadas; tus acciones hablan de ti, no de ellos.

—¡Masoquismo puro! —reniego con la cabeza—, romantizado por una sociedad idealista del amor perfecto.

—No hombre —Rafael alza su copa y hace un gesto señalando a Cosmo que traiga dos tragos más mientras habla, y yo asiento en sintonía con su visión—. Nadie está hablando de quedarse atrapado en las garras de un amor mal correspondido. Lo que intento transmitir es la belleza de dar sin esperar nada a cambio, de sentir un amor genuino que dos personas comparten, un vínculo puro y desinteresado. Pero, si llegas al punto en que te das cuenta de que el otro no comparte esa misma entrega, entonces es momento de alejarte, de liberarte de las cadenas que atan tu corazón. La vida es demasiado corta para desperdiciarla en relaciones que no nos nutren, ¿verdad?

Rafael habla con una confianza que mezcla la sabiduría con un toque de rebeldía. Su voz llena el aire del bar mientras continuamos sumergidos en esta profunda conversación. Sus palabras fluyen con un ritmo que se siente como una canción inusual en medio del bullicio del lugar.

—Ya eso es otro punto. Al final, das lo que recibes. Así de simple. Puedes llamarlo como quieras. Aquellos locos que han amado sin recibir nada a cambio, terminaron suicidándose en el romanticismo.

Mis ojos se cruzan con los suyos, y una chispa de debate brilla en ellos.

—Pero tú no decides de quién te enamoras, simplemente te dejas llevar, fluyes en conjunto con la otra persona. ¿A cuántos de nosotros no nos ha vuelto locos el amor? Y no necesariamente estamos muertos.

Rafael asiente con un gesto de aprobación, pero su mirada aún guarda una pizca de provocación.

—Y los que sí se mueren en vida, por alguien que les destruyó el alma.

—Siguen viviendo a través de sus partes rotas —Rafael pronuncia estas palabras con una mezcla de compasión y firmeza, como si estuviera compartiendo un profundo conocimiento de algo que ya ha vívido.

La atmósfera en el bar cambia, y aunque la música y las conversaciones de las personas siguen de fondo, nuestra interacción parece llenar el espacio con una intensidad inusual. Un desconocido que de repente se ha convertido en un desafiante interlocutor, dispuesto a cuestionar mis ideas y a plantear las suyas.

Veo la hora en mi reloj, y me doy cuenta de que han pasado casi tres horas desde que comenzamos esta interesante conversación en el bar. Me doy cuenta de que debo irme, ya que mañana me espera una importante reunión con el productor.

—Tenho que ir, foi um prazer —le digo, apreciando sinceramente la conversación.

Rafael asiente con una sonrisa.

—O prazer é todo meu. Nos volveremos a ver? —pregunta Rafael, mirándome con curiosidad.

—Sí, el destino así lo quiere, así pasará. ¿O no? —sonrío—. Tú lo dijiste, pasará lo que tenga que pasar.

Salgo del bar sumido en pensamientos después de la interesante conversación con Rafael. El aire fresco de la noche acaricia mi rostro mientras me despido de Cosmo con un gesto sutil y un agradecimiento. Cierro la puerta tras de mí y me encuentro en la calle, donde las luces de la ciudad destellan con vida propia. Notando que hay un cigarrillo en el bolsillo de mi chaqueta, decido encenderlo mientras me empiezo a mojar bajo la llovizna.

Disfruto de ese breve momento de paz, la lluvia cayendo suavemente y el humo del cigarrillo ascendiendo hacia el cielo nocturno. Sin embargo, la tranquilidad se quiebra cuando saco mi teléfono y veo un correo electrónico inesperado a esta hora: Alex. El asunto del correo, «Un final bien contado,» llama mi atención de inmediato y mi corazón comienza a latir con fuerza. Los recuerdos de nuestra ruptura y todo lo que vivimos juntos regresan como una ola fría que me sumerge por completo.

La pantalla de mi teléfono brilla en la oscuridad de la noche mientras mis ojos escrutan el mensaje, llenos de curiosidad. La sorpresa y la incertidumbre se mezclan en mi interior mientras me pregunto qué podría decirme Alex en este momento, y abro el correo:

«**No hay nada más bonito que un final bien hecho.** Quiero agradecerte por todo, porque a tu lado aprendí muchas lecciones valiosas, y todas son un tesoro. Nuestro eterno 31, un San Valentín inolvidable en Cancún. No me arrepiento de haberlo vivido, ni un solo segundo. No te he olvidado, y sé que no podré hacerlo. Te sigo amando con la intensidad de un mundo entero, y eso nunca cambiará. A pesar de las dificultades que atravieso este año, siempre pienso en las experiencias inolvidables, y tú eres una parte fundamental de ellas. No sé cuántas vidas nos quedan, pero en cada una de ellas, espero encontrarte de nuevo.

No te voy a olvidar, no quiero olvidar al hombre que me apoyó, me hizo reír, disfrutar y llorar. No quiero olvidar las emociones vividas a tu lado. A pesar de los errores que cometimos y el daño que nos hicimos, cada acción, cada momento nos dejó valiosas lecciones. Hoy en día, entiendo las dificultades en las que me sumergí al ser como soy, y lo aprendí a través de la experiencia. La vida es así, aprendemos de nuestros errores, maduramos y nos convertimos en personas mejores.

Estoy seguro de que así será para ti. El destino te tiene reservadas muchas bendiciones, y te enviará a un 'Alex' en cada vida. Nadie estará jamás por encima de ti. Eres grande, eres increíble, y nunca lo olvidaré. Si algún día vuelves a estar conmigo, seré feliz, porque sé que siempre estaré en tu corazón. Mi presencia en tu vida está marcada con besos y caricias que nunca se borrarán. Te quiero muchísimo, espero verte pronto y poder abrazarte de nuevo.»

Mis ojos, que habían estado fijos en la pantalla del teléfono, se llenan de lágrimas al leer su mensaje. La sorpresa inicial cede paso a una mezcla de emociones que abarca desde la incredulidad hasta la nostalgia más profunda. ¿Por qué me escribe ahora, cuando había estado intentando olvidarlo día tras día? Los sentimientos que creía enterrados se despiertan con fuerza en este momento.

Siento un nudo en la garganta, un eco de los recuerdos compartidos, los momentos felices y las luchas que enfrentamos juntos. Las lágrimas resbalan por mis mejillas, y una sensación de melancolía se apodera de mí. Cada palabra de su mensaje es como una puerta que se abre a un pasado que había tratado de dejar atrás.

No puedo evitar pensar en la posibilidad de lo que podría haber sido, en las promesas no cumplidas y los sueños compartidos que quedaron vagando en la nada. Las lágrimas siguen fluyendo, y me encuentro atrapado en una vorágine de recuerdos y emociones que creía superadas. El mensaje de Alex ha resucitado sentimientos que había estado tratando de ignorar, y me hace preguntarme si alguna vez podremos dejar completamente atrás a alguien que ha dejado una huella tan profunda en nuestro corazón.

Sigo mirando fijamente el mensaje, cada palabra parece remover capas de tiempo y espacio, transportándome a momentos en donde la pasamos muy bien. Me pregunto si su arrepentimiento es genuino, si sigue pensando en nosotros como yo lo hago, o si estas palabras son solo un resquicio de un pasado que debería quedar enterrado.

Tal vez debería responderle, compartir lo que pienso, o tal vez debería ignorar este mensaje y seguir adelante con mi vida. El dilema se cierne sobre mí, y no sé qué camino elegir.

Sus palabras fueron: Perdón por causar tanto daño en ti. Espero poder seguir viendo lo increíble que eres.

Aún me sigo cuestionando si fue verdad.

Al día siguiente, anhelo mi encuentro con el productor en un restaurante cercano a mi hotel, pero antes de sumergirme en esa reunión, me aguarda un compromiso con Violeta. En un intento por prepararme, me siento frente a mi dispositivo y trato de establecer una conexión, pero la inconstante señal del wifi se convierte en un obstáculo imprevisto. La frustración se apodera de mí mientras lucho por encontrar una conexión estable, consciente de que mi tiempo es valioso y que cada minuto cuenta. Esta situación inoportuna amenaza con entorpecer mi día antes de que haya comenzado. Me conecto con éxito y, aprovechando la breve ventana de conexión estable, envío un saludo a Violeta antes de dirigirme a mi cita con ella.

—Violeta, ¿cómo te encuentras en este día soleado?

—Evan, estoy de maravilla, gracias por preguntar. ¿Y tú? Cuéntame, ¿cómo amanece el aventurero de los desiertos hoy?

—Me encuentro bien, lleno de emoción. No puedo evitar sentir un poco de nerviosismo antes de mi reunión con el productor, pero en general, estoy en un buen momento.

—Eso es genial, Evan. Me alegra escucharlo. ¿Tienes una reunión con un productor?

—Estoy trabajando en un nuevo proyecto cinematográfico que se centra en explorar el Desierto y sus diversos biomas. Quiero crear una película que sensibilice a la audiencia sobre la importancia de la flora y fauna en esta región.

—Suena fascinante, Evan. Estoy segura de que harás un trabajo increíble.

—Gracias, Violeta. Por cierto, anoche recibí un correo de Alex.

—¿De Alex? ¿Y eso qué tiene que ver con nosotros? —arquea una ceja, aparentemente sorprendida por la mención de Alex.

—Me escribió para decirme que me ama y para disculparse por el daño que me causó.

—Evan, eso suena... complicado. Pero, ¿por qué debería

importarnos a nosotros ahora? ¿No has dejado eso atrás? —el tono de Violeta es de escepticismo, y sus palabras sugieren que tal vez no está convencida de la sinceridad de Alex ni de su relevancia en mi vida en este momento.

—¿Tú crees que aún me ama?

—Yo creo que ya se dejó con su novio y está volviendo a buscar a su víctima favorita. Si te ama o no, eso es irrelevante. Porque no lo sé. Lo que sí sé es que eso lo habíamos dejado atrás.

—Pero es imposible que no me haya estremecido. Me estremece el que él me haya dicho tantas cosas, que dejara su orgullo solo para recordarme su amor.

—Y justo eso es lo que hace buscar la táctica que sea para que tú vuelvas a caer.

—No he dicho que voy a caer, solo siento que debo responderle.

—¿Y qué le dirás, cuéntame? ¿Que lo has llorado por muchos meses, que te arrastrabas de dolor por él, que te dejó solo en tus peores momentos, que no le ha importado nada contigo? ¿Crees que eso le importa a él? Recuerda aquella noche, en la que agonizabas de dolor en tu recámara, después de que te hablara su novio, ¿o no lo recuerdas?

Violeta tiene razón, lo sé, pero algo en mí, tal vez la necesidad de cerrar un capítulo que quedó abierto, me impulsa a querer responder a Alex.

—No lo sé, Violeta. Recuerdo muy bien esa noche. Y no espero que le importe, pero siento que necesito decirle lo que quedó en mi pecho sin decir. No para buscar su aprobación, sino para liberarme de lo que quedó pendiente.

—Evan, tú eres una persona increíble. No necesitas su aprobación ni su perdón. Ya pasaste por tanto y has crecido. No dejes que él te haga retroceder.

Violeta tiene razón, lo sé, pero contestar el correo de Alex no se trata de buscar su aprobación o su perdón. Es más bien una forma de cerrar un capítulo en mi vida, de poner fin a las palabras no dichas y las preguntas sin respuesta. Puede que no sea una decisión racional, pero es una que siento en lo más profundo de mi ser.

—Necesito decirle que no estuvo bien que me dejara, que no estuviera conmigo en mis peores momentos. Si no lo hago, creo que seguiré llevando este peso en mi interior. Solo quiero cerrar ese capítulo de una vez por todas, no importa la respuesta que obtenga de él.

—Evan, tienes que entender que a él realmente no le importas. Eres solo un juguete en su colección, algo a lo que recurre cuando sus nuevos «trofeos» ya no le satisfacen. Te utiliza, te lastima y luego se va, una y otra vez. No es amor, es manipulación. ¿Realmente quieres seguir siendo parte de ese ciclo destructivo? —me pregunta con firmeza.

—Violeta, por favor, entiende que ya no puedo seguir pensando en esto, me está consumiendo. Quiero olvidar, superar todo lo que viví con él. Estoy cansado, agotado de revivir una y otra vez esos momentos. Quiero dejarlo atrás de una vez por todas, porque siento que me está destrozando. No puedo permitir que mi pasado con él siga arruinando mi presente y mi futuro.

—Este tema debemos cancelarlo. No puedes seguir alimentando a ese «fantasma». Al principio, hablar sobre un ex puede ser una forma de liberar emociones y procesar lo que has vivido. Sin embargo, prolongar estas conversaciones solo fortalece los recuerdos y otorga poder a ese intruso en tu mente, impidiéndote avanzar. Estoy aquí para ayudarte a a seguir adelante, pero necesitas tomar esa decisión por ti mismo. Vamos a hacer algo diferente, ¿quieres hablar con él? ¿Deseas decirle lo que te hizo? Hazlo. Levántate, cierra los ojos, escucha mi voz. Ahora, visualiza a Alex frente a ti, y exprésale todo lo que nunca le dijiste. Permítele a tus sentimientos fluir libremente. Siente la intensidad de tus emociones mientras las pronuncias. Con cada palabra, libérate del peso que llevas contigo. Siente cómo esa carga emocional se desvanece, permitiéndote dar un paso más hacia la liberación.

Cierro los ojos y trato de visualizar a Alex. Su figura toma forma en mi mente, como si hubiera aparecido frente a mí.

Puedo sentir la tensión en el aire, y mi corazón late más rápido a medida que me preparo para decir lo que necesito.

—Sabes todo lo que ha pasado desde que me dejaste. Con qué rapidez encontraste un nuevo amor, mientras yo me ahogaba en el dolor de tu partida. Tú prometiste que regresarías, pero ¿tienes idea de lo devastadora que fue tu indiferencia? ¿Puedes siquiera imaginar la sensación de que mi madre ya no esté conmigo y tú fueras el único amor en el que podía confiar? —lágrimas brotan de mis ojos y mi voz se quiebra—. Mi corazón se desvaneció contigo, y mi alma se fue con mi madre. ¿Cómo puedo continuar viviendo? Me siento prácticamente muerto. Has dejado un agujero en mi pecho que nadie más ha podido llenar. He buscado el amor en la cama de extraños, pero sé que es inútil. Porque solo tú podrías llenar este vacío inmenso que dejaste.

—¡Grítale lo que te hizo! ¡Grítale todas las veces que le perdonaste, lo sincero que fuiste con él! —Violeta me dice con su voz cargada de euforia.

—¡Eres la razón de mis noches en vela, de mis lágrimas derramadas, y de mi soledad interminable! —grito, mi voz llena de angustia y desesperación, lágrimas corriendo por mis mejillas como un río de desesperanza—. ¡Eres mi tormento constante! ¡Y aunque intente encontrar amor en otros brazos, nunca podré olvidarte ni llenar este abismo que dejaste! ¡Nunca! Las brasas en la oscuridad pueden parecer estrellas fugaces para un corazón amargo y roto como el que cargo por ti —mis palabras se convierten en sollozos, y mi voz se quiebra mientras libero todas las emociones reprimidas durante tanto tiempo, como si estuviera dejando que mi alma se desangre por completo—. Quiero contarles a todo el mundo que ya te olvidé, que al fin superé mi relación, porque maldito sea el día, la hora, el segundo en que confié en ti. Cada palabra es un martillo que golpea mi corazón, recordándome cuánto me destrozaste —caigo al suelo, mi cuerpo se revuelca en el dolor abrumador, y mi voz sigue desgarrándose en un grito de agonía. Lágrimas ardientes brotan de mis ojos mientras continúo gritando—. ¿Por qué me dejaste? ¿Por qué se acabó? Te necesitaba, y tú no estuviste, maldita sea. Soy valioso, y tú nunca valoraste quién soy —las palabras salen de mis labios en un torrente de rabia y amargura, mientras mi voz se quiebra aún más, y el dolor se apodera de mí, dejándome exhausto y devastado.

Violeta me anima a seguir, su voz me guía a través de este proceso catártico —sigue, Evan, sigue liberándote. Dile todo lo que llevas dentro, saca todo ese veneno. Solo déjalo salir.

Con esfuerzo, continúo hablando, liberando años de dolor acumulado. —Me prometiste que regresarías, pero solo fueron palabras vacías. ¿Tanto te costaba ser sincero? ¿Tan difícil era entender cuánto te necesitaba? —mi voz se quiebra una vez más, y las lágrimas siguen fluyendo—. Me sumí en la oscuridad que dejaste atrás, y me preguntaba una y otra vez si alguna vez volverías. Pero tú seguías adelante, encontrando el amor en otros brazos, mientras yo me hundía en la soledad y la tristeza de mi vida, de mi caótica vida.

Mi voz se debilita, pero Violeta me anima a continuar, a dejar salir todo. —No puedes detenerte ahora, Evan. Sigue, siente todo ese dolor y déjalo ir.

Con determinación, prosigo. —Me prometiste tanto, Alex. Me prometiste un futuro juntos, una vida llena de amor. Pero solo fuiste un mentiroso. Te convertiste en mi peor amor —mis palabras son un lamento, un grito de desesperación—. ¿Y sabes lo peor de todo, Alex? —mi voz tiembla—. Sabes lo traidor que fuiste al dejarme y encontrar amor en tan poco tiempo. Me destrozaste, me sumiste en la depresión más tonta de mi vida, mientras tú seguías adelante como si nada hubiera pasado. Mientras yo lloraba por las noches, tú disfrutabas de un nuevo amor. ¿Cómo puedes ser tan indiferente? ¿Cómo puedes olvidar lo que vivimos tan fácilmente?, y no morir en el intento que marchitaste nuestro amor.

—Muy bien, Evan, levántate del suelo y dale las gracias a Alex. Dile que lo amaste como a nadie, que agradezcas por su amor, pero que aquí concluimos este capítulo debido a ese amor. A medida que expresas tu gratitud, observa cómo Alex se va iluminando y, gradualmente, lo vas dejando.

Siguiendo las palabras de Violeta, me incorporo del suelo. Aunque mis lágrimas siguen fluyendo, siento que algo ha cambiado dentro de mí. Dirijo mis pensamientos a Alex, agradeciéndole por su amor, por los momentos intensos y los desafíos que enfrenté a su lado.

—Gracias, Alex —susurro con una sinceridad desgarradora, mientras lo visualizo desvaneciéndose lentamente, iluminando como una estrella fugaz en el firmamento de mis recuerdos—. Cada palabra de gratitud es un eco doloroso de todo lo que compartimos. Gracias por ser la historia más intensa de mi vida, por llevarme a la gloria y al abismo, por cada latido que hiciste vibrar en mi corazón. A nadie amaré como te amé, y esa verdad me sume en una tristeza abrumadora. Pero ahora, en este instante sombrío, entiendo que no puedo permitirte entrar de nuevo en mi vida. No estoy dispuesto a negociar mi paz, aunque eso signifique cargar con la tristeza de tu ausencia por siempre. Cada palabra que pronuncio es un adiós más profundo y definitivo, como una puerta que se cierra con un estruendo ensordecedor en el silencio de mi alma destrozada.

Con cada palabra de gratitud, veo a Alex desvanecerse un poco más, como si su presencia se alejara hacia un abismo oscuro e irremediable. Aunque el dolor sigue siendo una sombra que nubla mi corazón, también experimento una liberación que llega cargada de una tristeza profunda y desgarradora. Cada palabra de despedida parece arrancarme un pedazo del alma, recordándome el vacío que quedará en su lugar.

—Valiente, mi niño, valiente. ¡Bravo! Hoy me has demostrado, una vez más, que eres el paciente por el cual estudié esta carrera, que eres el más fuerte, con la historia más aniquiladora. Has dejado en claro que eres increíblemente valiente, y nadie, absolutamente nadie, debería decirte lo contrario.

Sin pronunciar una palabra, me siento frente a la pantalla. Mis ojos están hinchados por el llanto, pero asiento en silencio. Con un gesto de despedida, me desconecto de Violeta y cierro la videoconferencia. Siento un nudo en la garganta mientras mis ojos se llenan de lágrimas. Muevo el cursor del ratón hacia el icono de apagado y, con un clic, la pantalla se vuelve oscura.

Cierro los ojos y coloco mi mano en mi boca, como si estuviera a punto de gritar, pero solo dejo escapar un sollozo ahogado. Lágrimas solitarias ruedan por mis mejillas mientras me siento abrumado por la mezcla de emociones. Finalmente, apago el portátil y me levanto de la silla, dirigiéndome al baño en busca de un breve respiro.

Puedo amarte con la pasión de mil soles, y, no obstante, contentarme con verte hallar la felicidad a lo lejos, sin mí.

Entro en la ducha, permitiendo que el agua caliente caiga

sobre mi cuerpo. El vapor envuelve la pequeña habitación mientras me sumerjo en el chorro relajante. Mis músculos tensos ceden lentamente bajo la caricia del agua tibia. Cierro los ojos y dejo que los pensamientos fluyan, liberando la ansiedad que me ha acompañado desde la conversación con Violeta.

Al salir de la ducha, el teléfono me notifica con un correo inesperado:

«**Profesor Evan**, para que el departamento pueda reconsiderar su licencia, debe ser de manera presencial con el interesado, según el artículo 406 del estatuto universitario. El director del departamento ha propuesto una fecha para esta semana. Si usted no está disponible, su plaza quedará vacante y se abrirá a un concurso nacional para encontrar un reemplazo a su cátedra. Esperamos su respuesta a la brevedad.»

La noticia me golpea como un balde de agua fría. Estoy en medio de una crisis causada por la conversación con Violeta, y ahora esta amenaza de perder mi cátedra. Una sensación de ansiedad y urgencia se apodera de mis pensamientos. Sin embargo, decido que no responderé de inmediato. Tomaré un tiempo para meditar sobre la situación y considerar cuál será mi respuesta. No permitiré que el departamento perturbe mi paz.

Llego al restaurante, ansioso por la reunión con el productor. Mientras espero, noto con curiosidad que Rafael entra por la puerta. Me parece una casualidad sorprendente, pero me obligo a no distraerme y a mantener mi atención en la esperada reunión. Sin embargo, mis pensamientos se ven interrumpidos cuando Rafael se acerca y me saluda.

—Hola, Evan.

—Hola, Rafael —respondo, tomando asiento—. Soy el productor de la Revista Explorer.

La coincidencia me deja en silencio, sorprendido por este

encuentro inesperado.

—¿Desde cuándo lo sabes? —le pregunto, intrigado.

Rafael se toma un momento antes de responder.

—Desde que me enviaron, vi tu trabajo con el catálogo anterior. Observé tu hoja de vida, la impresionante carrera que has tenido. Me parecías inmortal, Evan, y luego te vi en el bar. Quedé aún más asombrado. Eres brillante, pero también humano, y eso te hace aún más brillante.

—Estoy un poco desconcertado —le confieso.

Rafael me mira con una mirada tranquila y asiente.

—El destino no se equivoca. Pasará lo que tenga que pasar.

Mientras hablaba con Rafael en el restaurante, mi teléfono sonó, y noté que era un número desconocido. Disculpándome, contesté la llamada.

—Hola, Sr. Evan —una voz desconocida habló al otro lado.

—Sí, él habla —respondí.

—Le hablamos del Hospital Santa Cruz. Para informarle que la Srta. Nube está muy grave en el hospital. Ha tenido un accidente, y ella tiene su número de emergencias registrado. Estamos tratando de informar a la familia; sin embargo, si está cerca, le pedimos que avise a quien corresponda. También necesitamos información adicional.

La noticia me dejó estupefacto. Respondí, tratando de mantener la calma.

—Sí, claro. Trataré de llamar a su mamá o a su pareja. Estoy bastante lejos, pero tomaré un vuelo en las próximas horas. Mientras tanto, hagan lo que tengan que hacer para que esté bien. Tienen mi consentimiento.

La voz al otro lado del teléfono asintió y agradeció antes de que colgara, con la mente llena de preocupación y un sentimiento abrumador de impotencia. Rafael me miraba con preocupación, y me apresuré a contarle la situación.

—Rafael, lamento mucho, pero tengo que irme de inmediato. Alguien muy importante para mí ha tenido un accidente y está en el hospital. Aprecio mucho nuestra conversación, pero debo ir.

—¿Aquí en San Pedro? —preguntó Rafael.

—No, en Panamá.

—¿En Panamá?

—Sí, ya les he escrito a los familiares, y afortunadamente, han respondido; están en camino al hospital. Ya les he comunicado que me iré de inmediato.

—Creo que debes calmarte —aconsejó Rafael—. Estás a 22 horas de Santiago y a ocho en avión hasta Panamá. Conseguir un vuelo de inmediato será complicado debido a la demanda. Creo que ya has informado a los familiares; tómate un minuto para pensar con calma. ¿Y la revista? ¿Qué pasará con la película?

—¿No puede esperar?

—No lo sé, le escribiré al editor y jefe.

—Es que también debo arreglar algunos problemas con mi cátedra, ahora Nube. Todo es muy complicado.

Mientras Rafael y yo discutimos posibles soluciones, el estrés de la situación comenzó a pesar sobre mis hombros. La urgencia de la llamada y el impacto de la noticia del accidente de Nube

—Mira, dame lo que tengas, yo le escribiré a Yuseth y él nos dirá, no creo que no entienda. Ve comprando el boleto de avión. Si quieres, yo te llevo a Santiago, pero vamos a mi hotel para que te relajes; el ruido aquí te puede estresar más.

Agradecido por la generosidad de Rafael, le proporcioné toda la información que tenía sobre la revista y mi trabajo pendiente. Mientras tanto, él se ofreció a contactar a Yuseth y explicarle la situación.

—Ya compré el boleto. Salgo pasado mañana en la madrugada y desde San Pedro, dos horas antes.

—Bien, al menos tienes un plan de vuelo. Pasado mañana estarás en camino. Yo me encargaré de informar a Yuseth sobre la situación. Descansa un poco en el hotel; te vendrá bien antes de ese largo viaje.

En la habitación de Rafael, mis ojos se posaron en el impresionante piano que ocupaba un rincón. Sin pensar, me dirigí hacia él y, con suavidad, mis dedos comenzaron a acariciar las teclas. El sonido llenó la habitación, una melodía suave y melancólica, como un suspiro que se elevaba en el aire.

Mientras tocaba, Rafael se acercó lentamente, trayendo dos vasos de licor que colocó en una pequeña mesa cercana. Mi música parece envolverlo, y cierro los ojos para sumergirme por completo en las notas. Cada acorde fluye de mis dedos como si el piano y yo fuéramos uno solo, creando una música que reflejaba las emociones que me embargan.

Rafael se sienta a mi lado, sus ojos cerrados, perdido en la música. La melodía nos envuelve, tejiendo una conexión única entre dos almas que compartían un momento de profunda contemplación. Cada nota parece contener un fragmento de mi alma, liberando emociones y pensamientos que habían permanecido ocultos.

Mis dedos seguían danzando por las teclas del piano, produciendo una música conmovedora, cuando algo inesperado ocurrió. Una fuerza interna me impulsó a abrir la boca, y de las profundidades de mi ser emergió una voz que entonaba las palabras de *Can't Be Together* de *Adele.* Las notas llenaron la habitación mientras cantaba con toda la pasión y emoción que llevaba dentro:

«But we need to learn how to love who we're loving. It's hard, but we must, we gotta let it go. And turn off the urge to know what could have been. I will love you forever.»

Mi voz resuena con fuerza, llevando consigo todo el peso de las emociones que he reprimido. En ese momento, la música se convirtió en un grito liberador, una expresión de todo lo que siento. Rafael, captando la intensidad del momento, se unió a mí con su voz, creando armonías que parecen elevarnos a un plano superior.

La canción nos envolvió, y pronto nos dejamos llevar por la emoción. Los falsetes se unieron, creando una atmósfera cargada de pasión. Tocaba el piano con una intensidad que no sabía que tenía, y cantaba con el corazón en la garganta. Rafael me acompañaba, su voz en perfecta armonía con la mía, y juntos creamos una sinfonía de desgarradora belleza.

La habitación se llenó de una atmósfera mágica y cautivadora mientras el piano hablaba por mí, expresando lo inexpresable. A través de la música, encontré un escape momentáneo de la ansiedad y la tensión que me había abrumado. Fue un regalo inesperado en medio de la tormenta que enfrentaba.

Rafael se levanta emocionado y aplaude con entusiasmo mientras me tiende una vaso de whisky, brindando por la música que acabamos de crear y por la liberación que ambos sentimos en ese momento.

Con una sonrisa cálida, Rafael se acerca a una bocina y elige una canción suave que llena la habitación con melodías envolventes. Luego, ajusta las luces, creando un escenario tenue y romántico. Se acerca y me tiende la mano con gentileza, invitándome a bailar.

Nos dejamos llevar por la música, moviéndonos con gracia y armonía por la habitación. Es un vals tranquilo que parece detener el tiempo mientras giramos juntos. Cada paso es ligero, y nuestras miradas se entrelazan.

La complicidad y la alegría de bailar juntos nos invaden, y Rafael, con una sonrisa en los labios, me toma del brazo y me acerca a él. Nuestros rostros se acercan lentamente, y sus labios se encuentran en un beso sereno. En medio de la música suave y las luces, nos sumergimos en la dulzura de ese momento, compartiendo un beso que parece contener toda la comprensión que hemos encontrado en este día.

El mundo exterior se desvanece mientras continuamos

besándonos, nuestros cuerpos pegados en un abrazo apretado. La música fluye a nuestro alrededor, y el tiempo parece detenerse. Es un beso que trasciende las palabras, una expresión de consuelo en medio de las tensiones que enfrento. Con cada segundo que pasa, mi corazón se llena de gratitud por este encuentro fortuito y la chispa de alegría que Rafael ha traído a mi vida en un momento tan inesperado.

Me separo, consciente de que tengo que preparar mis maletas y enfrentar la realidad. Rafael me mira con una expresión sincera en su rostro y habla con determinación.

—Quedate, mira lo que el destino nos tiene reservado, si quiere que estemos juntos.

Respiro profundamente antes de responder.

—No lo sabemos aún, no podemos forzar lo que el universo tiene preparado para nosotros. Ocasionalmente, nuestros deseos más profundos chocan con las frías realidades de la vida. En este etéreo baile del destino, aprendemos que no todo puede ser nuestro, por más que nuestros corazones anhelen la unión. La belleza se encuentra en la tristeza de lo efímero, en el suspiro del tiempo que se desvanece. Fluir en esta corriente de incertidumbre es el arte de la existencia, donde cada día es un lienzo efímero, una melodía fugaz en el eterno concierto del universo…

Mis palabras reflejan una mezcla de esperanza y resignación. En mi mente, el pensamiento de Nube sigue ocupando un lugar importante, y mi viaje a Panamá es una prioridad. Rafael asiente, comprendiendo la complejidad de la situación, y nos separamos momentáneamente, cada uno reflexionando sobre lo que nos depara el destino.

—¡Wao! Realmente anhelo descubrir más de ti, explorar los misterios que guardas en tu ser. Y si el destino lo permite, estaré aquí, esperando.

Recogí mis maletas y envié un mensaje a la Dra. Margarita para informarle sobre mi situación. Luego, pasé por un último whisky en el bar de Cosmo mientras me despedía del lugar. Llegué a Santiago y me embarqué en el avión con destino a Panamá. Mi compañera de asiento era una encantadora señora rubia, que a pesar de sus aproximadamente 70 años, irradiaba vitalidad y energía.

—¿Hacia dónde se dirige?

—A casa —me dice con una voz tan calmada, que invita a un abrazo—. ¿Y usted a dónde se dirige?

—Creo que a casa también.

—¿Por qué crees?

—Porque no sé qué tan perdido estoy.

—Los viajes siempre nos enseñan algo —comenta con una sabiduría que me sorprende—. ¿Qué te enseñó este viaje? —pregunta con una mezcla de expectación.

—Me enseñó muchas cosas… En los viajes, he aprendido que cada lugar tiene su propia historia, y también que todos somos parte de una historia más grande. De vez en cuando, nuestros destinos se cruzan por una razón que no entendemos en ese momento. Aprendí que la vida es frágil y que no debemos dar por sentadas las conexiones humanas. Incluso en nuestra soledad, estamos conectados a través de experiencias compartidas. Al final, seguiremos llorando a los muertos, y a su vez debemos celebrar la vida. La pérdida es inevitable, pero también lo es el renacimiento. Las lágrimas que derramamos por los que ya no están son un tributo al amor y la conexión que compartimos. No deberíamos temer amar profundamente, aunque sepamos que el amor vendrá y se irá rápido. La vida es efímera, sin embargo, en su efimeridad, encontramos su belleza.

—Este fue un viaje importante entonces, ¿Dónde estuviste aquí en Chile?

—En el Desierto de Atacama.

—¿Por qué el Desierto?

—Porque mi vida es un desierto completo —comienzo, eligiendo mis palabras con cuidado—, es como el Desierto de Atacama en su belleza extrema y a la vez en su peligrosa aridez. Mi existencia ha sido una tierra árida y caótica, donde a menudo me he sentido perdido. Sin embargo, como en el desierto, también hay momentos de calma, como las noches estrelladas que tanto me impresionaron allí. Mis relaciones amorosas se han convertido en oasis temporales en medio de esa aridez, pero, al final, resultaron ser ilusiones en medio de la escasez de verdadera conexión. Es como si hubiera una falta de vida en todos los aspectos de mi vida, y eso es lo que traté de encontrar y entender en este viaje a través del desierto.

—Tu vida es entonces un hermoso desierto.

—Mi vida son unos hermosos «Reflejos en el desierto».

Mientras mis palabras llenan el avión, mi mente se sumerge en un mar de reflexiones. Cada par de ojos que he mirado en este viaje, cada conversación que he tenido, cada lugar que he visitado, ha sido un recordatorio de la efímera naturaleza de la existencia humana. El amor y la pérdida, dos caras de la misma moneda. Como un fugaz destello en el universo, el tiempo que pasamos amando es breve en comparación con la eternidad que nos rodea. En este momento, comprendo que este viaje no solo se trató de encontrarme a mí mismo. Sino que me da igual si no me encuentro, aún sigo descubriendo las maravillas de la vida, su significado y eso es lo que cuenta.

Accidentalmente, las respuestas más profundas se encuentran en las conversaciones más simples con personas que apenas conocemos, pero que comparten un fragmento de sabiduría universal.

—El amor vendrá tan rápido como se va —repito en voz baja, dejando que esa verdad impregne mi alma, como una revelación que me guía en el camino de regreso a casa.

Descendemos y las ruedas del avión tocaron tierra, la señora sentada a mi lado me tocó el hombro y me dijo con una voz amorosa.

—Cómo has madurado, mi niño. I love you too.

Las palabras me estremecen por completo y, por un instante, me vi transportado en el tiempo. Recordé que mi madre solía decirme esas mismas palabras. Un nudo se formó en mi garganta, y mis ojos se llenaron de lágrimas. Asentí con una inclinación de cabeza, incapaz de articular una respuesta. Sus palabras no solo me hicieron recordar a mi madre, sino que también me recordaron cuánto amor y apoyo había recibido en mi vida. Fue un momento especial con un extraño que tocó mi corazón de una manera que nunca olvidaré.

En un desierto de cicatrices, encontré un oasis de amor propio.

AGRADECIMIENTOS

En el rincón más sincero de mi corazón, expreso mi gratitud a todas las almas generosas que se cruzaron en mi camino y contribuyeron a dar vida a este libro. Mi madre, la Dra. Dora Quirós, la primera en creer en mí, descansa en mi corazón eternamente. Diana Arenas, mi talentosa diseñadora gráfica, a quien le debo la portada de esta obra. A mis queridos hermanos, sobrinos y a todas las personas que dan significado a mi vida. Mi sincero agradecimiento a los amigos y seres especiales que han sido mi apoyo inquebrantable. A todos los que han sido mi fuente de inspiración a lo largo de este viaje, y especialmente a aquellos que nunca perdieron la fe en mí. Con todo mi amor y gratitud, gracias.

ACERCA DEL AUTOR

Ramy Jhasser, nacido en 1998, es un escritor panameño. Ha dejado una huella literaria con obras notables como «Me enamoré de ti pero aprendí a amarme más a mí», «Grietas en el Alma» y «Mi Vida Después de Amarte». Aunque su formación académica se encuentra en el campo de la biología, con un título en biología y especialización en zoología de la Universidad de Panamá, actualmente está persiguiendo su pasión por la escritura creativa mientras trabaja como profesor en el Departamento de Zoología de la Universidad de Panamá. Además, se desempeña como investigador científico en el Laboratorio de Ecología y Biodiversidad Neotropical. Su habilidad para combinar la ciencia y la escritura lo convierte en un autor versátil y apasionado por explorar diversos campos del conocimiento.

Made in the USA
Columbia, SC
16 November 2023